LIAR MITSUHIDE

SATORU AKAHORI

うそつき光秀

赤堀さとる

講談社

目次

うそつき

カバーイラスト　三浦建太郎

装幀　坂野公一（welle design）

光秀

LIAR MITSUHIDE

なにが嘘《うそ》なのか。
嘘は力になる。毒にもなる。
しかるに……。

序『六月二日』

紅蓮《ぐれん》という言葉は、元は仏教用語で、八寒地獄に堕《お》とされた罪人《つみびと》が、あまりの寒さによって皮膚が破れ、そこから噴《ふ》き出《だ》した血が、これも寒さによって固まり、まるで紅《あか》い蓮《はす》の花のように見えたことを由来とする。

後に、紅《くれない》が強調され、その成り立ちの、恐ろしいほどの寒さの象徴とは真逆の、激しく燃える炎を表すようになった。ただし、元の意味であるならば、その紅とは血の色のことで、今、眼前で燃え立ち、伽藍《がらん》を覆《おお》い尽《つ》くそうという炎は、まさにそれにふさわしいと言えた。

ごうごうと火がわめいている。悲鳴も、叫びも、喧噪《けんそう》も、さらには鉄と鉄のぶつかり合い、建物の倒壊、すべての音を消し去る、さらなる大音を発して。

天正《てんしょう》十年六月二日（一五八二年六月二十一日）、戦国の覇王ともいうべき、織田《おだ》前右府《さきのうふ》信長《のぶなが》は、紅蓮の炎に包まれた本能寺《ほんのうじ》にいた。

境内《けいだい》は武装した兵士で埋め尽くされていた。混乱と混沌《こんとん》の極みにあり、守る侍は少なく、攻める者たちは圧倒的に多い。それでも守るほうはまったく戦うのをやめようとはしなかった。それは主《あるじ》を逃がそうとするためというよりも、主の死を彩《いろど》ろうとしているかのように。

守りに奮戦する一人の侍の目を槍《やり》が貫《つらぬ》いた。本来ならば、それで生命は終わるはずだ。しかし、終わらない。まだ動く。動く。動く。鋭い鉄が目から脳に突き刺さったはずなのに、血が嵐《あらし》のようにあたりにまき散らされているのに、まだ動き、相手を斬《き》る。斬る。斬る。

「うわぁぁぁぁぁぁぁっ！」という悲鳴は槍で刺したほうから上がる。

そんな戦いが、ここでも、そこでも、あそこでも起こっていた。

本能寺はまだ落ちない。


「まだか……」

男の口からはかすれたつぶやきが漏れた。

惟任日向守《これとうひゅうがのかみ》、今の世に明智光秀《あけちみつひで》と伝わる男は、眼前の炎を凝視していた。

知らずのうちに、身体《からだ》も動いている。表門前にしつらえた本陣から一歩二歩と前に出ている。

危ぶんだ小姓たちが前に出て、その進路を塞《ふさ》いだことにより、当人はようやく自分が動いていたことに気づいた。

「殿……！」

光秀に次いで煌《きら》びやかな当世具足に身を包んだ武士が、心配そうな表情を浮かべている。武士の名は、明智左馬助秀満《さまのすけひでみつ》。光秀の娘婿《むすめむこ》で、侍大将を務めていた。

「弥平次《やへいじ》、みっともないところを見せたな」

その表情に気づき、光秀は気恥ずかしそうに笑った。

「どうも俺は心の奥でおびえておるようだ。見よ、手の震えが止まらぬ」

「その震えのせいでございますか。また手前の名を弥平次と呼ばれたのも」

左馬助も光秀の笑みに応《こた》えるよう、微笑《ほほえ》んだ。弥平次とは左馬助の前名であった。光秀はよく間違えて、その都度正されていた。それを敢《あ》えてこの緊迫した場面で持ち出したのも——

(弥平次……いや、左馬助め、俺の心を落ち着かせようという配慮か)

光秀は自分の手を改めて見た。確かに未《いま》だに震えていた。

(それほど今、俺の心はざわめき立っているということだ。あの御方《おかた》を追い詰めているはずなのに、俺のほうが追い込まれているとはな……)

光秀は震えを抑えるように、手を握りしめて拳《こぶし》を作り、そのまま自らの胴に叩《たた》きつけた。

「上様を必ずや弑《しい》し奉らねばならぬ」

光秀は静かに言った。

「殿、これだけの兵力、万が一にも討ち漏らすようなことはございません」

「そうだな」

左馬助の言葉に、光秀もうなずいた。

(絶対にだ)

——あの男は死なねばならない。

光秀の頭の中で、ずっとこの強い想《おも》いが響いている。響き渡っている。大音声《だいおんじょう》でこだましている。これはただその一つのことを為《な》すためだけの謀反なのだ。

「内蔵助《くらのすけ》はどうか。伊勢守《いせのかみ》からなにか言ってきてはおらぬか」

内蔵助とは、寺内に突入し、本堂前で指揮をとっている経験豊かな勇将、斎藤《さいとう》内蔵助利三《としみつ》のことであり、伊勢守とは、まだ若いが猛将と謳《うた》われた伊勢伊勢守貞興《さだおき》のことであった。

だが、左馬助は首を振る。

「未だ」

「そうか……」

光秀は必死で感情が外に出ないよう努《つと》めた。総大将の動揺は、やがて軍勢の末端まで伝わってしまう。強い力で奥歯を噛《か》みしめ、焦るな、大丈夫だ、と何十回も己に言い聞かせる。

(もう引き返せぬのだ……)

勢いを増す紅蓮の炎の照り返しを受け、光秀の身体も朱に染まっていた。

本能寺を包囲攻撃した明智勢はおよそ一万三千。対して、織田勢は信長の近習《きんじゅ》などの護衛役のみの三百。

普通に考えれば、油断大敵という言葉すら無視できるほどの兵力差と言える。

さらに、同じ京の妙覚寺《みょうかくじ》に滞在する、信長が嫡男、織田左中将信忠《おださちゅうじょうのぶただ》に対する備えなど、緻《ち》密《みつ》な作戦を明智勢は冷静に遂行していた。

それなのに光秀は浮かぬ顔に終始していた。焦燥のみが彼の頭にあった。

数刻が経《た》った。

ごうごうという炎の音はさらに増している。堂宇のすべてが火に包まれ、すでに崩れ落ちた仏堂も少なくない。

剣戟《けんげき》の音や怒鳴《どな》り声は完全に消えている。炎の音が消したのではなく、それらを発する者たちが消滅していた。

戦いはもはや終わったのだ。

しかし、まだ信長の首は挙げられていない。その報告はどこからもない。

(まだか……)

光秀は本陣の前に立ち尽くしたままであった。視線は焼け落ちる寸前の本堂に向けられている。

(あそこに上様はまだおられるのか……?)

内心の焦りは頂点に達していたが、光秀は必死に面《おもて》に出すまいと耐えていた。

(ここで討ち漏らせば、俺は破滅する。策は万全であったはずだ。それとも、なにか俺は見落としていたか。上様への恐怖からか。俺にどこか驕《おご》りか油断があったか)

明智方の兵たちが忙しく動き回っている。武者の死体を運んでいる者もいる。

(上様にお恨みなどない。だが、どうしてもあの御方をこの世から消さねばならなかった)

紅い炎が夜の闇《やみ》と相まって、時折透き通るような鮮やかさを見せる。

(見事なものだ。俺が流させた血の色とは違う。俺の身体にこびりつき、まとわりついた〝赤〟は黒みを帯びている。いや、もはやどす黒い。そして、今も……俺はあの御方の血を浴びようとしている)

炎の熱さのせいではない、冷たい汗が噴き出してくる。

(俺の身勝手な行動に天が怒っておるのか。天が上様に味方し、どこかに隠されたとでもいうのか)

ついに光秀の口から言葉が漏れた。

「まだか……」

そのときだ。

気迫のこもった声が響いた。

「お味方勝利！　織田殿は自害なされた由《よし》！」

光秀の目が大きく見開く。

戻ってきたのは、伊勢伊勢守貞興だった。秀麗な若武者の顔も興奮で朱に染まっている。

「まことか、伊勢！」

貞興の姿を見るや否や、光秀は自ら近寄った。

「上様の首級《みしるし》は!?」

光秀は、このときになっても信長のことを上様と呼んでいた。

「首は？　どこにある？」

抑えていた感情があらわになる。同じ言葉が何度も口から出た。

「首は？」

先ほどまで紅潮していた貞興の顔が少し曇った。

「それは未だ」

貞興の言葉を聞くや否や、光秀から大きな声が出ていた。

「どういうことだ!?」

「捕らえた側使《そば》いの者たちが火の回った奥の間に向かう織田殿を見ております。小姓たちとも別れ、一人で入られたとのこと。御腹《おはら》を召されたに間違いございませぬ」

貞興は自信ありげに言った。

「…………」

だが、光秀は苦々しげな顔つきのままであった。

常識的には貞興の言うとおりであろう。状況から、信長が自刃したと考えるのが普通だ。けれど、光秀はそれを完全に信じることができなかった。

（もし生きていたら、そのとき自分はどうなる？　明智家はどうなる？　そこには絶望しかない。必ずや、生き延びた上様の口から語られるであろう。あのことが！）

光秀の口からぽつりと零《こぼ》れた。

「しくじったのか、俺は……」

「そんなことありません！　殿、お気を確かに！」

左馬助が横で叫ぶが、光秀には聞こえていないようだった。

「あの方はやはり神なのか……」

そのあきらめきった口ぶりに、左馬助と貞興は顔を見合わせた。二人は主君が自分たちの考えている以上に、追い詰められていることを知った。

「囲みは完璧《かんぺき》でございます。たとえ生きていたとしても、決して逃げられることはありません」

左馬助が言えば、貞興も、

「斎藤内蔵助殿が今も皆を叱咤《しった》し、探させております。今しばらく、今しばらくお待ちを！　必ずや吉報が参りましょう」

光秀に最も近しい二人は、なんとか主君に意気を取り戻させようと必死だった。

が、光秀の、すでにあきらめたような、絶望的な表情は変わらない。

（あの方はどこまでもわからない。恐ろしい……）

かつて抱いた信長への恐怖が、皮肉にも、こうなったことで何倍にも増幅されて光秀を襲っていた。

「殿！」

左馬助が言った。

「これから天下人になられる御方がそのような顔をなさっていてはいけませぬ！」

その言葉に光秀は顔を上げた。

「天下人……」

ようやく光秀の心を動かした。

「俺が……天下人」

思いも寄らぬことだった。確かにこの謀《はかりごと》を打ち明けたとき、家臣たちからはそう言われてきた。だが、まったく現実味の伴わないことであり、光秀自身はそこまで考えていなかった。目的はあくまで信長の死。それにより、〝あのこと〟が永遠に消し去られる。

けれど、現実に、目の前に「天下人」が転がっていた。

左馬助は、力づけるように、殊更声を大にして言った。

「織田殿の間違った苛烈《かれつ》な御政道を正すため、殿は立ったのです。そして、それは成った！　これより殿が天下人にてござそうろう」

左馬助がその場に膝《ひざ》をつき、敬意を表すと、周りの者は皆それに倣《なら》った。

「上様！」

家臣たちは口々に光秀に対してそう叫んだ。

「俺が……」

「これからの世はすべて上様の思いのままですぞ！」

「俺の思いのまま……」

このとき、光秀の脳裏に去来したのは、かつてあきらめた、ある〝理想〟だった。

（若き日のあの想いが実現できるというのか。絶対に無理だとあきらめた、あれが……）

同時に、喉《のど》が渇き、力の抜けるような感覚が身体の奥底に顕《あらわ》れる。

（本当にやるのか。いや、できるのか。あの日々に抱いていた想いに至るには、俺は歳《とし》を取りすぎたのではないか。もう手遅れではないのか）

感情が期待と絶望の間を行き来し、光秀の心をえぐっていく。

「俺は……」

それでも光秀は言った。

「やる」

左馬助と貞興はうなずいていた。

次の瞬間、光秀はカッと目を見開いた。

「俺の勝ちだ、信長」

光秀は、全身の毛が逆立《さかだ》ち、心臓が暴走しそうになる中、畏怖《いふ》と焦燥を振り払うように、声を絞り出していた。

その声を聞き、左馬助が叫んだ。

「勝《か》ち鬨《どき》をあげよ！」

力強き声が周囲に響き渡る。それは伝播《でんぱ》し、やがて、明智勢一万三千のすべての者が声を出していた。


えいえいおう。えいえいおう。

その大音声を聞きながら、光秀は立ち尽くしていた。震えていた。確信の持てない弱さと、自ら奮い立たせた強さの、両方が光秀を震えさせていた。

貞興が力強く言った。

「我ら、これより妙覚寺の中将様を囲み、腹を召していただきまする」

光秀は、小さく「頼む」と言った。


紅蓮の炎は続いている。

すでにほとんどの伽藍が崩れたが、火が収まる気配はない。

その炎はまさに美しさすらあった。透き通る紅い炎。それが、小さな木材の一片まで、短い釘《くぎ》の一本まで、最後の最後まで焼き尽くすしか、終わりはなかった。

人が介せることはもうないのだ。兵たちも遠巻きに見つめるのみ。

(決して生きてはおらぬ)

光秀がそう思った瞬間だった。

炎の中から声が聞こえた。冷たき声。だが、おどろおどろしいというわけではなく、凜《りん》と透き通った声。信長の声だ。


『光秀……』

それは幻聴であるはずだった。

光秀は、震える身体を抑え込み、目に力を込め、燃え盛る炎をにらみつけるしかなかった。なくならないなにかと必死に対峙《たいじ》し続ける男がそこにいた。

第一章『方便』

1

昼間、喧噪に包まれていた川辺には、死体が転がっている。

闇は濃い。

新緑にまぶしい時期でありながら、それに逆行するような光景に周囲は覆われていた。もし明かりがあれば、あちこちの草むらでは緑に赤が混ざっていることに気づいただろう。血の赤であった。

幸いなこと、と言ってよいか、日暮れから降った小雨《こさめ》とともに、靄《もや》が発生し、もともと月の出ていなかった空は、ついには星の光すらも与えてくれず、死体や血の赤は、少なくとも夜の間は隠されていた。

とはいえ、空気はぬめったように多分に湿気《しっけ》を含み、肌にまとわりついて、この上なく不快な気分にさせる。春とはいえ、まだ気温も低く、芯《しん》に響く寒さもつらい。

そんなふうにさまざまなものを含み持った闇の中で、十兵衛《じゅうべえ》は草むらに身を潜ませていた。歳の頃は十六、七。まだ少年と言ってよい。草に溜《た》まった水滴が、靄と混ざって肌を濡《ぬ》らし、不快さはますます増している。

草むらの中で十兵衛は眉間《みけん》に皺《しわ》を寄せ、かすかな声でつぶやいていた。
「くそったれ。くそったれ。くそったれ。くそったれ。くそったれ。くそったれ。くそったれ。
くそったれ。くそったれ」
まるでなにかを呪詛《じゅそ》するかのようにひたすら「くそったれ」と繰り返す。
背後の川は、厳密には「河」という字のほうが妥当か。その大きな河は長良川《ながらがわ》という。美濃《みの》
（※現在の岐阜県南部）と尾張《おわり》（※現在の愛知県西部）の国境《くにざかい》を流れる日本有数の河で、木曽《きそ》
川《がわ》、揖斐川《いびがわ》とともに木曾三川《さんせん》の名で知られる。治水技術の発達していないこの時代、河は神でも
あり、鬼でもあり、人々に畏怖される存在であった。
長良川の河原では、ほんの数時間前まで血で血を洗うような、壮絶な合戦が繰り広げられてい
た。時は弘治《こうじ》二年（一五五六年）四月のことで、後世、「長良川の戦い」と言われたその合戦で
は、美濃の国主である斎藤義龍《さいとうよしたつ》とその父、道三《どうさん》が戦ったが、道三が敗れて首をとられた。
「くそったれ」
十兵衛は毒づき続けている。
（こんなことをやらなきゃ生きていけねえのか、俺は。死者を冒瀆《ぼうとく》しなきゃ、己が死ぬというの
か）
十兵衛がやろうとしていること、それは武者たちの死体から武器や鎧《よろい》、さらには着物すら剝《は》ぎ
取《と》ることであった。
すべては銭のためだ。

死体から金になる物を漁《あさ》る。その行為に十兵衛は強烈な嫌悪感を持っていた。そして、そんなことをしなければならない自分にも。

もっとも、それをやろうとしているのは十兵衛だけではない。周囲には他《ほか》の人間たちの気配もあった。

(地べたを這《は》いずり回っているのは俺だけじゃねえってことだ)

いきなり十兵衛は立ち上がり走り出した。まだ目が闇に完全に慣れたわけではない。それでも目星はついている。だれよりも早くそこにたどり着かなければならない。嫌悪感で胸クソ悪くなる行為をするために。

「うおっ」

突然に十兵衛はぬかるみに足をとられ、その場に倒れ込んだ。地面に頭から突っ込む。幸いそこもぬかるみであり、柔らかな衝撃と冷たさが襲ってきただけだった。だれかわからないくらい泥まみれにはなったが。

「本気でくそったれだ」

泥だらけの顔を上げ、十兵衛はうめいた。嫌悪と惨《みじ》めさはいよいよ強くなった。

十兵衛のような死体から金品を剝ごうという人間たちが暗くなるまで身を潜めていたのには理由がある。戦場での追い剝ぎはまずは勝者の雑兵《ぞうひょう》が行う。洋の東西を問わず、略奪は勝った兵士たちの特権であった。そんなときの兵士たちは殺気立っている。めぼしい品を巡って、時には殺し合いさえ起こる。十兵衛のような兵士でない者が近寄ってきて横取りしようとすれば、まず間違いなく殺される。それを避けようと思ったら、暗くなるまで、たとえ泥まみれになろうが待つしかない。

泥から這い出ると、十兵衛はふたたび走り出した。闇に包まれた河原には所々に白い塊《かたまり》が見える。裸にされた死体だった。しかし、もはやここでは、そんな死体に恐怖を感じない。むしろ怖いのは生きている人間のほうなのだ。

なんとか目星をつけていた場所までやってくる。背の高い雑草の生《は》えた草むらだ。戦《いくさ》がまだ行われているときから身を潜めていた十兵衛は、ここに鎧武者が倒れ込むのを見ていた。もし死んでいれば、まわりの草がその鎧武者の姿を隠してくれていたはずである。十兵衛はその幸運に賭《か》けていた。

(いた！)

身体全体を見事に草が覆っている。高そうな鎧を着た武者だ。ただ、頭に兜《かぶと》が見えない。倒れたときに落ちたのだろうか。だが、そんなもの、周りを探せばいいだけのことだ。

(俺はついてる！)

鎧武者に近づこうと動く。ふと、手前に不思議な形の太い棒が落ちていることに気づいた。

(なんだ？)

拾い上げてみると、刀などよりもずっしりと重い。

(木……だけじゃない。鉄がついてる……これは……？)

鉄砲、もしくはこの時代の言い方――「種子島《たねがしま》」という言葉は十兵衛からは出なかった。すでに戦場では使われていたが、まだまだ珍しいものであり、見たことない人間も多数いる。ただ、それが武器であることは十兵衛にもわかった。

(高価なものであることは間違いねえ！)

このとき、十兵衛の中に自らを「くそったれ」と言っていた気持ちは消えていた。目の前の〝銭になる〟ものに、関心のすべてが向いていた。これが銭に変われば生きられる、そんな安堵《あんど》感に支配されていた。

そのときだ。

「！」

いきなり足がつかまれた感触があった。驚きと恐怖で頭がいっぱいになる。倒れていた武者が十兵衛の足をつかんだのだ。それは事切れかかった人間の大した力ではなかったかもしれない。が、十兵衛の恐怖は、とっさに自分を守るための反応を引き起こした。

十兵衛は持っていた鉄砲を思いっきり武者の頭めがけて振り下ろしていた。

鈍《にぶ》くなにかが潰《つぶ》れる音。息が詰まったようなうめき声。そんなものの後に、静寂が訪れた。

十兵衛の足をつかんだ手はすでに力なく離れていた。

闇の中で、潰れた武者の顔を、十兵衛は目を見開いて凝視していた。いや、はっきりとは見えていないまま、そちらから目が離せない、という表現のほうが近いだろう。

心臓は破裂しそうなほど激しく鼓動し、全身の震えが止まらない。

「俺は……俺は……なんということを……」

小さく声を漏らしながら、十兵衛は呆然《ぼうぜん》と立ち尽くしていた。武者は死んでいる。それは十兵衛もわかる。十兵衛は人を殺《あや》めたことは初めてだった。衝撃が身体の中を、頭の中を駆け巡る。

今度は大きな声が出ていた。

「こんなことまでしなければ生きていけないのか！　俺たちのような地べたのもんは、死にかけた人間すら殺さないと生きていけないのか！」

十兵衛が手を下さずとも、その武者には死が訪れていたであろう。だが、十兵衛は自分がとどめを刺してしまったという事実に強くとらわれていた。〝銭のために〟というのが彼の心を蝕《むしば》んでいる。

「こんなもんのせいで……」

十兵衛は手にしていた鉄砲を地面に叩きつけようとした。

不意に真横で声がした。

「だったら、わしにくれや！」

手が伸びてくる。

反射的に十兵衛は拳を繰り出していた。

「触るんじゃねえ！」

人が転がる音がする。十兵衛の拳によって引き起こされた音だ。

「いてえ！　いてえよ！」

悲鳴の入り混じった声が響く。

ちょうど雲が切れ、わずかな星の光が地上を照らした。

小男が地面に倒れて、おびえたような目を十兵衛のほうに向けていた。

が、すぐにその目からおびえが消え、不思議そうなそれに変わる。

「あんた、お坊様かい？」

もう少し頭には毛が生え始めているが、十兵衛は僧形であった。

2

十兵衛は天涯孤独の身の上だった。

物心ついたときには、東美濃の小さな山寺にいた。比叡山延暦寺《ひえいざんえんりゃくじ》に連なる天台宗の寺で、赤ん坊のときに棄《す》てられていたという。

余裕のない山寺にとって、棄て子は迷惑以外のなにものでもない。十兵衛にとって幸運だったのは、たまたま子に死なれた檀家《だんか》の夫婦がいたことだ。夫婦は九人まで子に死なれ、赤子に飢えていた。棄て子をすぐに引き取り、十兵衛という名で育て始めた。もしかすると、物心のないこの頃が十兵衛にとって最も幸せな時代だったかもしれない。けれど、十兵衛が三歳になる前に、夫婦は流行病《はやりやまい》で死んだ。

結局、十兵衛は寺に戻された。十兵衛の記憶が始まるのは、寺で稚児となっていたときからだった。

成長するにつれ、十兵衛はやがて稚児としてのもう一つの側面を担わねばならなくなる。女人禁制の寺における、僧侶《そうりょ》たちの性欲の捌《は》け口《ぐち》であった。

武士の間では男色があたりまえであった時代であり、稚児のいる寺など珍しくもなかったが、十兵衛はこの行為をまったく受け入れることができなかった。十兵衛は初めてそうされたときから、嫌悪の感情をあらわにして暴《あば》れた。そのときは殴られ、蹴《け》られ、子供の十兵衛は大人たちの力の前に屈服せざるを得なかった。

十兵衛のほうも、なにもしなかったわけではない。立場をよくしようと、だれよりも字を習い、経を覚え、寺の雑務に勤《いそ》しんだ。だが、そうした努力すらも上の者からすれば、自分の地位を脅かす者という認識となり、ひどく折檻《せっかん》された。

このような日々に希望などなにもなかった。やりきれない怒りに日々苛《さいな》まれ、絶望にとらわれたことも何度もあった。可愛《かわい》げのない十兵衛は物として扱われた。逆《さか》らえば殴打され、「おまえのような者が生きていられるのは我らのおかげぞ」と恩着せがましく罵《ののし》られた。

反抗的な十兵衛は、決して屈服しなかった。殴られようが蹴られようが、反骨心は消えることなく、そのうちに少年は青年へと成長し、僧たちも扱いに困り、持て余し、ついには放逐された。

結局、寺で覚えたのは読み書きと、世の中の理《ことわり》に対する憎悪だった。

僧侶たちから日々投げつけられた言葉が、十兵衛の心に刻み込まれている。それに対する反発が十兵衛に生への渇望を増幅させていた。

「おまえがこの世に生まれてきたのは間違いだった」

(なぜ生まれてきてはいけない俺たちのような人間がいる!?)

「今日まで生かしてもらえた恩義などわからぬだろう。罰当たりめが!」

(俺はあいつらに生かされていたのか? 神や仏に生かされていたのではなく、憎しみしか感じないやつらに? 神や仏はいないということか!?)

「もはやおまえは生きていく場所などない。地べたを這いずり、のたうち回って地獄へ行け!」

(他者がそれを決めるのか? 人が人の生を決められるのか? いや違う! 今までも生きていく場所ではなかった。それでも、俺は俺の意思で生きていた。なにかわからないまま生きてきた。だから、今後も生きてやる! 地べたを這いずり回っても生きてやる!)

寺を出てからずっと怒りだけが心にあった。生きていることに対して虚《むな》しさなどない。仏の説く来世への希望などもなにもない。むしろ関心は今世にしかなかった。絶対に生き抜いてやるという強い想いがあった。

だからこそ、最低な銭儲《もう》けだと思えた戦場の死体剝ぎもやれた。

（そして、これだ。人を殺した……）

鎧武者はもう動かない。

銭のために殺した。

他者の生を自分が生きるために奪った。

「………………」

現実が十兵衛を蝕んでいた。

3

十兵衛は天を仰いでいた。真っ暗な夜空を。

初めての殺人は、さまざまな感情を爆発させ、十兵衛の口から吐《は》き出《だ》させていた。

「世の中はこういうものか！　地べたを這いずり、人を殺してでもなにかを奪わないと生きていけないのか！　そうなのか！」

十兵衛からあふれ出る疑問に対し、まだそこにいた小男が答えた。

「そういうものだ」

「なぜだ!?」

「昔からそうだ」

「地べたじゃない人間もいる！　大きな屋敷《やしき》でうまいもんを食っている人間もいる。都はそんなやつらばかりだというぞ」

「上の人のことはわかんねえ」

人を殺めた負の興奮からだろうか。十兵衛の世の中に対する怒りは沸点に達していた。

「人と人の間にそんなにも差があって許されるのか！」

「上の人間は、泥の中を這いつくばる俺たちのことなんかまったく知らない！　同じ人間なのに、死んだ人間からも奪わなきゃ生活できない俺たちがいることを！」

あまりの剣幕に気圧《けお》されたか、小男は呆然と十兵衛を見ていた。

怒りが限界を超え、十兵衛も自分の感情が御せなくなっていた。けれど、今までにない高揚《こうよう》があった。

(俺はなんに怒っている？　目の前の小男にか？　寺のやつらにか？　いやいやいや、すべてだ！　この世の中すべて！　俺たちを抑えつけるすべてにだ！)

わずかな時間の間に自問自答が繰り返される。それは感情をさらに高ぶらせ、やがて奔流となって、心の外に溢《あふ》れさせた。

「上の人間なんかくそくらえだ！　僧侶も公家《くげ》も武士もくそくらえだ！」

「おい、めったなことを言うもんじゃねえ！」

焦ったように小男が言った。十兵衛のせいで自分にも禍《わざわ》いが降りかかってくる、そんな恐怖を感じてのことだった。

「うるせえ！」

「畏《おそ》れ多いことを言えば罰が当たるぞ！」

「人が人を罵って、罰など当たるものか！　仏でも神でもない。人は人ぞ！」

十兵衛は思っていた。人は神仏とは違い、人に罰など当てられない。なぜなら、人は人以外のなにものでもないからだ。

（そうだ、人と人の間に差などない。人に上下など、本来はないのだ！）

十兵衛は目の前の男に叫んだ。

「おまえはこのままずっと地べたで過ごすつもりか！　下の人間も上の人間のように生きたいとは思わないか」

十兵衛を覆う高揚感が、不意に十兵衛の口からある言葉を出させた。今までに考えたこともない、いや考えたとしてもあり得ないと馬鹿《ばか》にされる言葉を。

「俺は上下のない世にしたい！」

「馬鹿か！」

小男があきれたように叫んだ。小男も十兵衛の高揚感に影響を受けている。十兵衛とは真逆の想いに駆られている。興奮したように十兵衛に反論した。

「そんなことできるわけがねえ！　学もない下々の人間は地面を這いつくばって生きるしかねえんだよ！」

「読み書きができる！」

「そんなもん、偉い人はだれでもできる。もっとなんでもできる！」

小男は十兵衛が命を奪った武者を指して言った。

「おまえにこんなふうに鎧が着られるのか？　お武家様のように戦えるのか⁉　合戦の前にやる作法とやらがわかるのか⁉」

「…………」

十兵衛はなにも答えない。小男の言っているとおりだ。なにもわからない。

「できねえもんはできねえんだ！　わしらはこんなふうに生きるしかねえんだ」

「それでも！」

理屈ではなかった。同じ人間という想い。虐げられてきた人間の怒りが彼に決意をさせていた。

「俺はやってみせる！　世の中の上下なんかくそくらえだ！　すべてをぶっ壊してやる！」

「おめえ、うそつきだ！」

「うそじゃねぇぇぇぇぇぇぇぇぇぇぇっ！」

十兵衛は咆哮《ほうこう》した。

頭にあったすべての想いが弾《はじ》け、我知らず、鉄砲を持ったまま、そのまま走り出していた。

(俺にできるのか？　できる⁉　できない？　できる？　そうだ、できる！　どうすればいい？なにをすればいい？　どうにかなるのか！　そうだなるさ！　なんとかなる！　本当にできるのか？　できる！　できる！　俺がやる！　絶対にやってみせる！)

「うそなんかじゃねえ！」

ふたたび叫んだ。

感情がほとばしり、心の中はぐちゃぐちゃになっていた。それは身体のほうにも伝わり、十兵衛は闇雲に走り続けた。どこに向かっているのか、本人にもわからずに。

これが、後の惟任日向守、若き日の明智光秀の姿だった。

4

比叡山延暦寺は奈良時代末から平安時代にかけての延暦年間に、伝教大師最澄《さいちょう》によって、国家鎮護のため、都の北東に開かれた天台宗の寺で、朝廷の保護を受け、貴族の帰依も篤《あつ》く、後には「山法師」と呼ばれる僧兵も有し、時の権力者に対して大きな影響力を有した。平安時代後期に院政を確立し、権力を握った白河法皇《しらかわほうおう》も「天下三不如意」として、「賀茂河《かもがわ》の水」「双六《すごろく》の賽《さい》」と並んで山法師を挙げている。宗教的権威と結びついた俗世の兵力を有した延暦寺は、この戦国の世にあっても不可侵《ふかしん》の力を持っていた。

その延暦寺の麓《ふもと》、琵琶湖《びわこ》湖畔の町、坂本に十兵衛は来ていた。坂本は典型的な門前町で、通りのあちこちで僧侶の姿を見ることができる。彼らは用があって山を下ってきた者もいるが、ここに住み着いている者も少なくなかった。

十兵衛が故郷を飛び出してから八年が経った。歳は数えで二十五になる。短かった髪もすっかり伸び、髷《まげ》を結っている。少年のあどけなさは消え、僧衣ももう着ておらず、腰には刀を差している。さらに手には藍色《あいいろ》の布に包んだ、棒のようなものを持っていた。あの十兵衛の生き様を決めるきっかけとなった鉄砲であった。

十兵衛は美濃を出ると、まずは京に上り、寺社の軒先を転々としながら、三年ほど滞在した。京に行ったのは、なんといってもこの日ノ本《ひのもと》の中心であるからだ。そんなことは美濃の片田舎《かたいなか》にいた十兵衛ですら知っている。天子がいて、公方《くぼう》と言われた将軍がいて、公家がいて、たくさんの寺社があり、武家に、商人と職人、そして数えることなどできないほどの民衆がいる。応仁《おうにん》の乱以来、絶えることのない戦乱がうち続き、家々は焼《や》け焦《こ》げ、川辺には無造作に死体が棄てられているが、地方から出てきた青年の目には、憧《あこが》れを感じるほどの文化があった。

それでも、いやだからこそと言うべきか、そこには想像を超えるほどの格差が、階層が、差別があった。

京に上り、自分と同じ想いを持つ者を探し出し、多くの同志を集め、権力《ちから》を持つ者たちに認めさせる——そんな甘いとしか思えないことを本気でやろうとしていた十兵衛であったが、そもそも田舎者の地下人《じげにん》である彼の言葉に耳を傾けるものなどだれもいなかった。上の者たちはツテもなにもない十兵衛に会ってくれることなどなく、下の者たちは日々の生活だけで理想に想いを馳《は》せる余裕などまったくなかった。

もがきにもがくが、なにも進まない現実に落胆した十兵衛はついに京をあきらめた。

次に向かった先は加賀であった。絶望の都で聞いた唯一の光明、それが「百姓の持ちたる国」の存在であった。

この頃の加賀国は守護であった富樫《とがし》氏を一向一揆《いっき》が蹴落として支配するようになってから七十年が過ぎ、隣国の大名の侵入も何度も跳ね返していた。

この国こそがまさに自分の理想ではないか。身分も格差もない、極楽浄土ともいうべき地がそこにある――百姓の持ちたる国と聞いて、十兵衛がそう考えるのも当然と言えた。

だが、当地で十兵衛が見たものは、やはり冷たき現実であった。

確かに国を支配する大名はいない。しかし、その代わりに一向宗の本山、本願寺から送られてきた坊官たちがいた。彼らが大名に取って代わっただけで、その下の身分格差は厳然と維持されていた。

十兵衛は一向宗の僧侶たちに、上下もなく、支配もない世の実現を訴えるが、すでにこの国ではそうなっていると反論されてしまう。それでも食い下がると、教団の敵とばかりに「仏罰が当たるぞ」「地獄に行くぞ」となじられ、時には命すら狙《ねら》われた。

（なにも変わらない、こいつらも、故郷のやつらも）

十兵衛は僧侶たちを憎んだ。自らの理想の地が現実にないのは数多くの寺と僧侶のせいだとすら思った。憎しみは怒りに変わるが、どこにもぶつけようがない。僧侶たちの支配した国でそんなことをすれば、自らが死に至るのは明白だった。

（ここにはなかった……）

なんの力もない十兵衛は逃げ出すしかなかった。

期待していたからこそ、落ち込みもひどいものであった。いっそ死んでしまおうかとも思った。そうすればなにもかも感じなくてすむ。怒りも覚えなくてすむ。

それでも絶望の手前で留まったのは、どこかに理想を実現している場所が、もしくは、せめて自分のことを理解してくれる人間がいるのではないかという、かすかな希望に賭ける気力が残っていたからだった。

加賀を出た十兵衛は、さらに数年諸国を回り、坂本にたどり着いた。


季節は夏であった。

山々は青々と草木が生い茂っている。実際には緑でも青と表現するのがこの国の習わしだ。

それとは別に、本当の青もある。雲一つない空と、光に照らされた琵琶湖の湖面がそうであった。


「俺は甘かった」

その青を眺《なが》め、十兵衛はそう嘆息した。

長い放浪生活が、はっきりとした現実を彼に受け入れさせていた。結局、理想の地はなく、人々は頑《かたく》なで、権力者たちは自分の利に関すること以外聞こうとはしない。十兵衛はもはや絶望すらしていない。諦《あきら》めだけがそこにあった。

坂本は琵琶湖の舟運《しゅううん》で栄えた地であり、船への積み下ろしなど人足仕事に事欠かない。十兵衛も人足として日銭を稼ぎ、暮らしていた。

十兵衛が坂本に来た理由は定かではなかった。僧や寺のことをあれだけ嫌っていても、生まれたときから拠《よ》り所《どころ》はずっと寺であり、弱気になった十兵衛にとって、元いた寺の総本山である延暦寺に、どこかすがりたい気持ちがあったのかもしれない。

夜明けから日暮れまで船荷の積み下ろしをし、クタクタになって湖岸に勝手に建てた筵《むしろ》屋根の小屋で寝る。なにも考えず、食うためだけの日々の中で、十兵衛から徐々に気力が失われ、虚《うつ》ろな様子すら見せるようになっていた。他者も気味悪がり、仕事以外で十兵衛に近づこうとしない。

そんなときだった。

発端は数人の武装した僧兵が、十兵衛たちが積み荷を下ろしている船に近づいてきたことだった。彼らは積み荷が対立している一向宗の本願寺のものだと決めつけ、没収すると宣言したのだ。ただ、それは真実ではなく、僧兵たちの言いがかりによる搾取にすぎなかった。

御山《おやま》と呼ばれた比叡山延暦寺の力はここ坂本では絶対だった。その権威を笠《かさ》に着た僧兵たちの乱暴狼藉《ろうぜき》は日頃から多々あり、積み荷の没収も折につけ見られる光景であった。

荷主は必死に抗弁するが、最初から没収ありきの僧兵たちは聞き入れない。人足たちも、内心では怒りもあるが、「触らぬ神に」の言葉どおり、後難を恐れて、離れて見ている。

十兵衛も力なく、虚ろに立っていた。だが、僧兵の放った言葉が強烈に彼の心を刺激した。

「御山こそが正道を持つのであり、その御山を護《まも》る我らはぬしらのような下人の上にある。我らに奉仕することこそ、ぬしら下々の道よ」

とっさに十兵衛は叫んでいた。

「仏が人に上下をつけるというのか！　そのようなことを言う者が僧であるわけがない！」

僧兵たちがすぐに反応し、十兵衛を睨《にら》みつける。

「下人風情がなにを言うか」

「あの世で救われぬぞ」

十兵衛は一歩も引かず、内心から湧《わ》き起《お》こる激しい怒りを、炎を吹くがごとく吐き出した。

「僧であるならば、人を救ってこそ！　人も救わず金の亡者と化したおまえらこそが地獄に行くであろうよ！」

僧兵たちも殺気立つ。いや、彼らは厳密には僧とは言えなかった。修行もなにもせず、腕力膂《りょ》力《りょく》だけで御山に入り込んだ男たちであり、延暦寺の威勢を背景にした、僧形の無頼の徒であった。そのため、人を殺すことにも躊躇《ちゅうちょ》はない。

が、興奮した十兵衛はやめなかった。

「今や天下にどれだけの地べたの民がいると思っている！　もし、そんなに叡山《えいざん》に力があるなら、この世から上下を無くし、すべての地べたの民を今すぐ救ってみよ！　できるか⁉　できぬわな！　そうよ、そんな力、おまえらにも叡山にもないわ！」

「貴様、御山を侮辱するか！」

「今ここで地獄に堕としてやる！」

僧兵たちは手にした薙刀《なぎなた》を振りかざす。

十兵衛は動かなかった。いや、動けなかったというべきか。人足仕事をしているとはいえ、腕っ節にはまったく自信がない。カッとなって言い放ったはいいが、いざ僧兵たちが得物を出してくると、もうどうしていいかわからなかった。

喉はカラカラに渇き、身体が震えている。興奮の裏側で恐怖を感じている心があった。

(俺は死ぬ……？　そうか、死ぬのか。抵抗できずに死ぬのか。いいのか、こんなところで死んで？　こんなやつらに殺されて。けれど、どうすればいい？　震えが止まらない。逃げねば。逃げねば！)

恐怖と高揚が交錯し、心が混乱して、身体も動かない。

「死ねや！」

僧侶にあるまじき言葉を吐きながら、僧兵が薙刀を振り下ろそうとした。

そこへ——

「お待ちあれ」

絶体絶命のその状況に割って入ったのは、驚くほど穏《おだ》やかな声だった。

いつの間にか集まっていた野次馬の中から一人の男が進み出る。直垂《ひたたれ》に侍烏帽子《えぼし》を着けた武士と見られる男は、落ち着き払った様子で、どこか長者の風格を感じさせた。顔には声と同じく穏やかな笑みを浮かべている。

男は僧兵たちのほうに向き直って言った。

「仏罰ということでありましょうと、下人一人斬り捨て、御山の麓を血で汚すのはいかがなものかと」

飄々《ひょうひょう》としたその声に、気色《けしき》ばんでいた僧兵たちも虚を衝《つ》かれたように動きを止めた。

「さりとて御山の方々の怒りもごもっとも。ここは一つ、手前に功徳をさせてはもらえぬか」

そう言うと、男は懐《ふところ》から小さな袋を取り出した。中にはなにかを包んだ紙が入っていて、それを広げたとき、僧兵たちの目も見開かれた。

砂金であった。

「ささ。これにて来世の福を招かせたまえ。善き哉《かな》、善き哉」

男は僧兵たちに近づくと、先頭にいた者の手にその袋を握らせた。

僧兵たちは顔を見合わせ、目配せし合うと、砂金を手にした者がおもむろに言った。

「御山を汚した罪は重けれど、宗徒の善行にて償われたし。仏の慈悲に心傾けよ」

そうして、僧兵たちはその場を去った。

その間、十兵衛は震えが止まらず、ずっと立ち尽くしたままだった。

助かった、という想いと、なぜ助かったのか、という想いが、心の混乱に拍車をかけていた。

十兵衛の意識を現実に戻したのは、彼を助けた男の手が、背中をぽんっと叩いたことによってだった。

「むてっぽうな男だ。それに熱い。どこまでも熱い。これほどむてっぽうで熱い男を、わしは見たことがない」

十兵衛は男の顔を見た。男も笑みを浮かべ、じっと十兵衛を見ている。

「それになかなかおもしろいことを考えておる。上下を無くせとな」

男は呵々《かか》と笑った。

「ついてこい」

男が言った。

十兵衛は躊躇して動かない。いきなり現れた不思議な男に警戒心があった。

「どうした？　上下を無くす方策を知りたくないのか」

「……！」

男の言葉が十兵衛の感情に突き刺さった。長い放浪の中で、初めて彼の行為を肯定する言葉だった。

歩き出した男のあとを十兵衛は慌てて追った。

5

男は一軒の商家の裏にある庵《いおり》に十兵衛を連れていった。

少し高台にある建物自体は小さく質素なものだが、庭は広く、商家の屋根越しに琵琶湖を眺めることができる。地面は赤土が敷かれていて、生け垣もなく、広がる琵琶湖の青との対比で、色鮮やかに映った。

「ここは？」

「昔から世話していた者の家だ。さっきの砂金もそいつにもらった。楽にしてよいぞ」

「…………」

「名はなんという？」

「十兵衛」

名乗りながら、十兵衛は改めて、男の顔をしげしげと眺めた。それほど歳をとったふうでもないが、その落ち着きはどうだ。口許《くちもと》には笑みが浮かんでいて、一見温和な顔つきだが、視線は鋭い。相手を観察し、その心の内まで値踏みしていそうな感がある。

「あんた、偉い侍か」

十兵衛は挑発するように言った。自分の想いを肯定する、思わぬ言葉に釣られ、のこのこと付いてきてしまったが、相手の正体がまったくわからぬという状態が急激に不安を増大させていた。それを緩和するために、敢えての挑発という行為だった。

だが、男の反応は十兵衛の予想を超えていた。男はいきなり姿勢を正すと、堂々たる口ぶりで言った。

「かつては御所において、政所《まんどころ》執事《しつじ》を務めていた伊勢家が嫡流、伊勢兵庫頭《ひょうごのかみ》貞良《さだよし》と申す」

御所とは室町幕府のことであり、政所とは幕府の中で金銭や所領の訴訟を扱う重要な組織である。

幕府の職制について詳しい知識を持たぬ十兵衛だったが、それでも相当に高い地位であることはわかった。

あっけにとられた状態となった十兵衛を見て、貞良はまたも呵々と笑った。

「もっとも政所執事だったのは父の代まででな。今はただの浪人だな」

笑い声に十兵衛の緊張も解けていた。

「それはいったい……？」

「父が政所執事の座を追われ、今の公方様に弓を引いたことがあってな。成敗を受けて、父は死に、わしも死んだことになっておる」

(死んだことに……？　なにを言っているんだ、この男は？)

十兵衛の顔に疑念の色が浮かぶが、貞良は構わず言葉を続けた。

「まあ、勝ち目のない戦だとは思ったが、父には意地があったからな。わしも親子の誼《よしみ》で共に立ったが、途中で死んだと見せかけて逃げ出したよ。父を見捨ててな」

淡々と話す貞良だが、その目はしっかりと十兵衛を見ていた。十兵衛の反応を楽しんでいるかのようでもあった。

伊勢貞良は饒舌《じょうぜつ》に自分の身の上について語った。それにより、十兵衛の警戒を解こうとしているようだった。

貞良の父、貞孝《さだたか》は三十年近く政所執事の座にあったが、管領細川《かんれいほそかわ》家の家宰、三好修理大夫長慶《みよししゅりだいぶながよし》が台頭してくると、これと争い、やがては将軍足利義輝《あしかがよしてる》とも対立し、その座を追われた。政所執事とは、幕府の中における官僚代表といった立ち位置であり、伊勢家の世襲となっていた。

失脚した貞孝は面目もあり、地位を取り戻すため、京都船岡山《ふなおかやま》で挙兵するが、三好方に敗れ、討ち死にする。このとき、貞良も父とともに戦うが、討ち死にしたと世間では思われていた。それは家族にとってもそうであったらしく、貞良の幼《おさな》い子らは、従者に連れられ、若狭《わかさ》守護の武田《たけだ》氏を頼って落ちていった。

だが、その死んだはずの貞良本人は十兵衛の目の前にいる。

「父も子も捨て、ついでに世も捨てた」

と言って。

この坂本では、伊勢氏庶流を名乗り、伊勢氏と繫《つな》がりのあった商人たちの世話になっているという。

家族を持ったことのない十兵衛には理解できない気持ちであった。

「俺は天涯孤独で、親も身内もいない。家族とはそう簡単に切れるものなのか。それとも、もともとなにかいさかいがあったのか」

貞良が身分を明かしても、十兵衛は言葉遣いを改めることはなかった。意識して、上下を無くすという信念に基づいてのことだった。

そんな十兵衛の態度に貞良は怒ることもなく、笑みを浮かべたまま言った。

「意外にまともなことを言うのう。世の上下を無くせなどと、この世ではあり得ぬようなことを叡山の悪僧どもに向かってのうのうと言う男がな」

からかいの言葉を投げられた十兵衛は、ムッとしたような表情になり、押し黙った。

しばし沈黙があたりを支配した。


比叡の山から涼しい風が吹いてくる。

刻《とき》は夕暮れを迎えていた。

山《やま》の端《は》に沈もうとする陽は空を赤くし、赤土の向こうに見えていた湖の青は空と挟まれることになった。赤い光は湖面にも映り込み、徐々に青の場所がなくなっていく。


部屋の中をも夕陽が染め始めたとき、ようやく貞良が口を開いた。

「親子の仲は悪くなかったが、わしがうつけで酷薄な人間であったということだな」

ここでも貞良は笑みを見せた。それは自虐というものではなく、すでになにかを悟ったような澱《よど》みのない笑みだった。

「そんなわけで、命を失うことなく無事に逃げおおせたわけじゃ。そのうえ死んだということになっておるのもわしにとっては好都合。これで他人と関わりを持たず、のんびりと趣味に生きられる」

「独《ひと》りのほうが気楽というわけか。子供にも未練はないのか」

「子らは若狭の守護武田家が守ってくれよう。あとは勝手に生きるだろうて」

「人と関わりを持ちたくないと言ったな。ならば、なぜ俺を助けた？」

十兵衛の言葉に、貞良は一旦《いったん》言葉を止める。

じっと十兵衛を見つめ、悪戯《いたずら》がしたくてたまらない子供のような表情で「趣味だ」と言った。

「わしはな、どうにも自分がなにかをやるというのが苦手でな。表に出るよりも裏に回りたい性分なのよ。しかし、生まれた家はそれを許さぬ家柄《いえがら》。御所に身を置いていたとき、やり甲斐《がい》を感じたことなど一度もなかったわけさ」

貞良は「だからこそ」と続けた。

「おまえで試してみたいのよ」

戸惑いの色を隠せない十兵衛の言葉を待たず、貞良はさらに言った。

「趣味とはすなわち、他人《ひと》の人生をわしの手で成り立たせることよ。特に、世に合わず、世からはみ出し、世を変えたいと思う奇特な人間をな」

「それが俺か」

十兵衛はまだ納得できていない表情であった。

外を見ると、陽はすでに山に隠れてしまっていた。

先ほどまで湖面を覆い尽くしていた赤は一気に消え、奈落《ならく》を感じさせる青黒さへと変貌《へんぼう》しつつあった。

暗がりの中で、貞良の目は鋭さを増している。

「おまえという人間が、わしの助言でどう変わり、どこまでいけるか」

闇が覆う直前、貞良と十兵衛の目と目が合った。

「おもしろいとは思わぬか」

今までになく貞良は鋭い目をしていた。それは闇の中で煌々《こうこう》と光っている。少なくとも十兵衛にはそう見えた。

「…………」

十兵衛はその目に囚《とら》われていた。視線をそらすこともできず、なにか言うこともできず、ただただ貞良から出る言葉を待っていた。

「わしに乗れ、十兵衛。おまえの想い、実におもしろい！」

貞良は強い口調で言った。


油に火が灯《とも》され、かすかな明るさが戻ってきた。

炎に照らされ、十兵衛と貞良の顔が周囲から浮き上がって見える。今し方、十兵衛は己の身の上を語り終えたところだった。緊張はやや解けたか、顔に生気が戻っている。対して貞良も飄々とした表情に戻っていた。

「武士も、僧侶も、百姓も、差別のない上下無き世を作りたい。地べたを這いずるような人間がいない世にしたい」

十兵衛の目は真剣だった。それでいて、熱いだけではなく、冷静な視点も持っていた。途方すぎて考えることすら難しいかもしれないが、と付け加えた。長い時間が、十兵衛にも理想の果てのなさをわからせていた。

それに対し、貞良はあの呵々とした笑いを見せる。

「今の下克上の世の中とて、下の者が上と入れ替わることはあれど、すべてを上下もなく同じにするとはだれが考えよう。いくら言っても、だれも思い至らぬであろうよ」

開け放たれた縁側《えんがわ》から、虫の声が響いてくる。急に大きくなったようだった。まるで貞良の言葉を肯定するかのように。

しかし十兵衛はその言葉を聞いて、落胆した。眉間に皺を寄せ、身を乗り出す。

「あんたは自分に乗れと言った。なにかあるのかと思ったが、それは俺の思い違いか」

「急《せ》くな、十兵衛」

貞良は十兵衛の態度を楽しんでいる。自分の趣味に合致する男に出逢《であ》えたと心底喜んでいる。

「王侯将相いずくんぞ種《しゅ》あらんや」

突然、貞良が言った。

「なんだ、それは?」

「遥《はる》か昔、遠く唐土《もろこし》で、大乱を起こした百姓の言葉だ。王も、貴族も、将軍も、宰相も、血筋に関係なく、だれでもなることができると言っているのだ。この言葉が人を動かし、たちまち数万、数十万の大軍となり、国は滅びる寸前まで追い込まれた」

先の言葉は、紀元前二〇〇年頃、中国最初の統一王朝、秦《しん》の末期に反乱を起こした農民あがりの陳勝《ちんしょう》が言ったものであり、反乱自体は失敗するものの、これが元で秦は滅亡に追い込まれた。

「十兵衛よ、おまえの追い求めることをほぼ言い表しているではないか。この想いがあの広大な唐土を傾けるまでになったのだ。この日ノ本でもできるかもしれぬと考えるのも道理であろうが」

唐土（中国）については理解の外だった十兵衛だが、自分と同じような考えに数多くの人間が動いたという歴史的事実が、彼を奮い立たせた。

だが——と思う。なぜ自分はだれにも受け入れられず、唐土では受け入れられたのか。どこにその違いがあるのか。

「それはな……」

貞良によると、この国と唐土の風土、民族の違い、さらには時代の違いがあるという。

「つまり、おぬしのやり方は間違っておったのよ」

「どういうことだ？」

「土一揆にしろ、一向一揆にしろ、百姓だけの抗《あらが》いだと思うか。中心にいるのは郷村の武士や、僧形の武士たちよ。この国は武士を中心にすべてが回っておるのだ」

一揆というと、後の江戸時代の百姓一揆のことを思い浮かべるかもしれないが、そもそも一揆とは暴動を表すものではなく、盟約で結ばれた社会的な集団を指した。江戸時代の百姓一揆は、ある意味、農民たちの階級闘争と言えるが、この時代の一揆は、地域社会そのものであり、そこに害を為す者たちとの戦争であった。

「だからこそ、十兵衛、おぬしが武士でなければ、だれも耳を傾けぬ。貴種を尊ぶこの国においては、筋目良き武士ならばこそだ」

「王侯うんぬんではなかったのか」

「時代と場所により、多少のずれはある。唐土と、この日ノ本では異なることもあるさ」

呵々と笑いながらも、反論できぬ言葉に十兵衛は押し黙った。

(俺が武士になる……？　なれるのか、俺に？　本当に？　いや、しかしだ。しかし、それだけが上下無き世を生み出せるのであれば！)

十兵衛は貞良を睨むように見て言った。

「なろう、武士に！」

殺気を感じさせる目は、自分の覚悟を表したつもりだった。

が、貞良の次の言葉は十兵衛を困惑させるものだった。

「口に出せば武士になれるというものではない」

「なれと言ったり、なれぬと言ったり……」

「怒るな、怒るな。筋目良き武士になるにはいろいろ決めねばならぬことが多くてな」

貞良はおもむろに硯《すずり》と紙を取り出し、筆を手にした。

「武士となるのなら、名字と諱《いみな》がいるのう」

諱とは本来の名であるが、通常は官名などの通称で呼ばれる。これは本当の名を知られることへの呪術《じゅじゅつ》的な忌避などで隠されているとも言われている。

「名字はそなたの故郷の明智でかまわぬか」

明智家は土岐《とき》氏に連なることから、将軍奉公衆に選ばれたこともあるという。けれど、美濃の戦乱の中ですでに絶家になっていた。

「名門土岐氏の一門、明智。土岐氏ということで、氏《うじ》は源氏だな」

氏とはその者の氏族を表し、特に「源平藤橘《げんぺいとうきつ》」が尊ばれた。正式な場における名乗りや署名は、名字は言わず、氏を使う。

「諱は……」

貞良は十兵衛の顔をじっと見つめた。澄んだ瞳《ひとみ》が目に入ってきた。途方もない夢想を現世《うつしよ》に起こせることを信じている、その瞳に点《とも》る光が。

「闇の中に秀でたる光……光秀でどうじゃ」


『明智光秀』


「あけちみつひで……」

十兵衛は決まったばかりの自分の名を口に出してみた。

（俺は光秀）

貞良は、長良川の戦いの後、落城した明智城から落ち延びたという、さもあったような経緯を作り上げた。

「通称はそのまま十兵衛でよかろう。今日から明智十兵衛光秀と名乗れ」

貞良は名前を記した紙を掲げた。

それを十兵衛──光秀は改めて読み上げる。

「明智十兵衛光秀……大層な名前になった。これで俺は武士か」

貞良の笑みが濃くなっている。

「そうよ。おまえはこれから、明智光秀という、大いなる嘘を一生にわたってつき通すことになる」

光秀は頭に血が昇るのを感じていた。〝嘘〟という言葉が、彼の身体に取り憑《つ》いた瞬間だった。

「大いなる嘘……」

貞良は、光秀の目を覗《のぞ》き込《こ》むような強い視線を投げかけてくる。

「あるいはそのことで、あの世において地獄に落ちることになるやもしれぬがな」

貞良は光秀の覚悟を問うたのだ。二人の視線が絡み合う。火花を散らすかのごとく、とはまさにこのことか。

「構わぬ！」

光秀は叫んだ。

同じく、貞良も叫んでいた。

「乱世の中で、光を信ずるか。途方もなき夢という光を」

光秀は叫びを越え、まさに吠《ほ》えていた。

「俺は明智光秀だ！」

覚悟は決まったのだ。光秀の顔は般若《はんにゃ》のごときそれになっていた。

一瞬、自然もおびえたのか。

いつの間にか、外の虫の声も止《や》んでいた。

第二章 『強奪』

1

永禄《えいろく》七年（一五六四年）夏も終わり、山々が色づき始めた頃のこと。

明智十兵衛光秀は、貞良の庵に通うのが毎日の勤めになっていた。貞良の身の回りの世話をするというのではない。貞良から武士の心得を教授されるためであった。

貞良の指導が始まると、光秀には、戸惑うことばかりであった。

（武士になるということはなかなか大変なことなのだな）

しかも今の世は、武家が政権を担うようになった頃とはまったく違う。

「名家の出というのはある面では重宝するが、下克上の世の中でもあり、それだけの武士では他者の信頼を得づらい。信頼を勝ち得るための武器を持たねばならぬ。それもいくつもな」

それがあれば苦労はせぬ、と光秀は言いたかった。

光秀の不満げな様子に気づき、貞良は苦笑しながら言った。

「とりあえず、本物の武器で使えるものはあるのか、十兵衛」

「鉄砲がある」

光秀がいつも手元においていた、藍色の布にまかれている、故郷を飛び出すきっかけになったあの鉄砲のことだった。

実際には、本来の鉄砲としては一度も使ったことがなかったが、それは言わなかった。

「種子島か。役に立つ武器だが、身分高き者からは、足軽の得物と陰口《かげぐち》を叩かれるかもしれぬな」

「人を殺す道具にも上下があるのか」

光秀はうんざりしたように言った。

「皮肉を言うな、十兵衛。まあ、おぬしは鉄砲でよい。今さら刀だ、槍だ、弓だと言っても修得などできまい」

わかっていると思うが、と貞良は続けた。

「わしが武器と言ったのは、そういうものではない。身につけている技量のことよ。無論、役に立つ武士というのは、武に優れていることもあろう。が、先ほど言ったとおり、おぬしには及びもつかぬこと。ならば、他のことで他者よりも優れておらねばならぬ」

「今さら俺が他の武士に勝てるものなどあるというのか」

光秀には疑いしかない。

だが、貞良は笑って言った。

「ある」

「……？」

「礼法よ」

貞良が言うのは、武家の礼法であった。

「我が伊勢家は有職故実《ゆうそくこじつ》に造詣《ぞうけい》が深く、武家の礼法を確立した家柄。伊勢流を会得すれば、それは大いなる武器となりうる」

伊勢流とは、「内の礼法」と呼ばれ、公式の場である殿中での礼法であった。

「武士は多けれど、すべての武士が礼法を心得ているわけではない。しかし、都でなにかをしようとすれば、必ず古式に則《のっと》った礼法が必要になる。荒れ果てた都でそれを知る者は少なく、ましてや地方ではなおさらだ」

各地の大名にとって、正式な礼法を知る者は得がたい人材だというのだ。

貞良は古い一冊の書を光秀に渡す。

「これは、その礼法をまとめたものだ。今日から読んで覚えよ」

その表紙には「宗五大草紙《そうごおおぞうし》」と書かれている。享禄《きょうろく》元年（一五二八年）に伊勢氏庶流の伊勢貞頼《さだより》によってまとめられた、伊勢流の有職故実の書であった。

「覚えるまではここに来ぬともよい。そのくらい基《もと》となるものぞ」

一月《ひとつき》で覚えられたら大したものだ、と貞良は笑った。

ところが、光秀は三日の後には貞良の所にやってきた。

「覚えた」

と、こともなげに光秀は言う。

さすがに驚いた貞良がいくつか質問するが、すらすらと光秀は答えてのけた。

「寺にいたときでも、覚えることはだれよりも得意だった。声に出して読み、空《そら》で言えるまで繰り返すだけだ」

「そんな同じことをやり続けて、つらくはなかったか」

「つらいなどと言えるうちはまだ入り込んでいないということだ。声がかれようが、時を忘れて、ただただやり続けるしかない。人ができぬと言っても、それはそいつができぬのであって、俺はやらねばならぬのだ」

光秀には子供時代の壮絶な体験があった。寺で自らの立ち位置を求めて、ひたすら字を、物事を覚えた。もがき、苦しみ、惨めな境遇から抜けようと努力を超え、命をもかけるような強烈な自己との戦いがあった。

それが努力を苦にも思わず、人の何倍もの速さで知識を吸収する素地を身に付けさせたのだった。

「これは……」

目を輝かせた貞良は、続けざまに光秀に故実や政《まつりごと》の実務などを教え込んだ。さらには馬術や茶の湯、華道、香道、果ては食材や反物の目利きをも。

「なるほど。武士とはいろいろなものを覚えねばならぬものだな」

光秀も必死にそれに応えた。寝る間も惜しんで努力をし、貞良の教えを会得し続けた。

日が経つにつれ上達する光秀であったが、逆に優れた才を見せれば見せるほど、貞良はどこか不満げな顔をして言った。

「おぬしにはまだ足りぬものがある」

それはなにかを尋《たず》ねる光秀であったが、そのたびに貞良は首を振った。

「今はまだ言うときではない」

貞良の言葉を怪訝《けげん》に思いながら、光秀は日々研鑽《けんさん》に励《はげ》むしかなかった。


秋が深まっていく。

光秀の武士としての仕草《しぐさ》も板についてきた頃、坂本の商人たちとの茶会に出ていた貞良が上機嫌で戻ってきた。

「おもしろいものが坂本に来ておるぞ」

それは光秀がまったく思いもつかぬものであった。

「公家の姫だ」

聞けば、東国へ下向する公家の姫の一行だという。当地のしかるべき大名に輿《こし》入《い》れすると。

「表向きはな」

「どういうことだ？」

「なに、売られたのさ」

「売られた？」

「都は未だ栄えしといえど、公家たちの凋落《ちょうらく》ぶりは甚だしいものがある。本来公家たちは都において御上《おかみ》（天皇）のそばで政務を為さねばならぬ存在なれど、困窮ひどく、勝手に地方に下向するものが後を絶たない」

「なにをしに？」

「たかりさ」

貞良はそう言って、呵々と笑った。

「かつての荘園《しょうえん》があった土地の大名のもとに押しかけて、居座るわけだな。中には領主の真似《まね》事《ごと》をする公家もいるほどだ。居座られた大名とて表立って迷惑がるようなことはできぬ。なにせ雅《みやび》な連中をむげに扱えば、たちまち都で噂《うわさ》となり、朝廷との関係にひびが入る。朝廷からもらう官位は地方では絶大な権威がある。まあ、貧乏神でも神が来たと思うしかないな」

皮肉たっぷりに言う貞良を光秀はあきれたように見つめていた。

「娘が下向するというのはその中で最もひどい場合と言える。随行しているのは公家に仕える者たちじゃない。人買いさ。やつらは銭で困窮した公家から娘を買い、地方で大名に売りつけるのさ。公家の姫が正室となれば、これまた権威付けとなる。喉から手が出るほど欲しがる大名たちも多かろう」

「………………」

光秀はその現実が情けなくてならなかった。上下無き世をと願う彼にとって、権威というものは明確な上下の区別に他ならない。それをただただありがたがる世とは、と。

そんな光秀の気持ちを知ってか知らずか、いや、おそらくは知っていようが、貞良は笑みを浮かべたまま言った。

「そういうわけで、おぬしはやらねばならぬことができた」

怪訝な表情を浮かべる光秀になにも言わせず、貞良は言葉を続けた。

「その娘を奪え」

唖然《あぜん》とする光秀に対し、貞良は微笑むのみだ。

そして、光秀は気づく。貞良の目がまったく笑っていないことを。

しばしの沈黙の後、貞良は、敢えて感情をなくした、低くゆっくりとした声で言った。


「十兵衛、おぬし悪人になれるか?」


思わぬことを言われ、光秀は困惑した。貞良の真意がわからない。

「確かに娘をかどわかせば人買いと同じく悪人と言われても仕方がない。けれど、それが俺になにをもたらすというのだ」

「十兵衛よ、頭を働かせろ。ぬしは知恵者だとわしは思うておる。なにしろ上下無き世などと他者では考えもつかぬことを言う男じゃからのう」

「からかうな」

「からかってはおらぬ。上下無き世のためにおぬしはなんになった?」

「武士だ」

「しかし、並の武士ではいかんとわしは言ったはずだ。上下無き世のために敢えて上に行く。そのために武士の礼法である伊勢流を身に付けた」

「それだけでなく、他にもいろいろと習《なろ》うて……」

「まだ足りぬのだ、十兵衛！」

十兵衛の言葉をさえぎるように、貞良は声を出した。もう笑みは消えている。

「おぬしが諸国の大名から欲しがられるようになるにはまだ足りぬ。地方では決して手に入らぬもの、その最たる者が目の前にきておるのだ」

「それは……？」

「宮中の礼法だ」

宮中の礼法とは、朝廷における有職故実、儀礼典礼での作法のことである。幕府行事と朝廷行事では、作法は大きく違う。宮中には遥かに歴史のある決め事があった。

「連れてこられた姫は、御堂《みどう》流を教える藤原《ふじわら》の末裔《すえ》に連なる者ぞ。必ずや公家の礼法を知っておろう。だからこそ奪え」

「奪うとは……」

過激な行為に十兵衛は納得できなかった。穏便に教えを請《こ》えばよいのでは、という意見は、貞良に即座に否定された。

「おぬしの〝嘘〟を成就するためだ」

名門土岐氏の出にして、武家および宮中における有職故実に精通したる武士。これが光秀に与えられることになる〝嘘〟であり、その真実は決して外に漏れてはならないものだった。

「教えを受けた後で殺すのならばそれでもよい」

「そこまでは……」

「ならば、奪い、己がものとせよ。そうすれば〝嘘〟を守ることができる」

「………」

「どちらにしても娘の人生はおまえのためのものとなる。寝覚めのよいものではないが」

人の人生を己の都合で左右させる。上下を無くすことを目指す光秀にとって、それは大いに矛盾する行為であった。

「だからこそ、悪人になれるかと聞いておる」

「悪人……」

「そうだ。他者の一生を自らのために奉仕させるのだからな。大義のための供物に仕立て上げるのだ。これを悪人と言わずなんという」

「やらねばならぬのか」

「論ずるまでもない。いや、論じたほうがよいか」

貞良の口調はますます熱を帯びる。

「ぬしが造り出したいのは善き世だとしても、それを造り出す者が善き人間である必要はないわけだ」

いやむしろ、と貞良は続ける。

「善人に新しい世など造ることはできぬ。すべての権威と秩序を壊し、その先にまったく別の世界を造ることができるのは、旧《ふる》きものを壊すことを厭《いと》わぬ悪人でしかあり得ん」

「…………」

「さあどうする、十兵衛」

貞良は決断を促《うなが》すように強い口調で言った。

「大義のために悪人になれるか」

貞良の強い視線に、光秀の脳裏で轟《とどろ》くものがあった。

（大義のために嘘をつき、嘘のために悪となる。……悪人になれるのかではない。なるのだ！）

「なってみせる！」

「ほう」

貞良は意味ありげな笑みを浮かべる。

俺は試されている——その笑みを見ながら、光秀は両手を痛いほど握りしめた。

2

公家の姫を奪う手立ては驚くほど単純なものだった。

金をつかませた荒法師たちを彼女の泊まる宿の前で暴れさせる。小《こ》競《ぜ》り合《あ》いを起こし、人買いたちがそちらに気をとられているうちに、裏から女を奪って逃げる——

「こういうことは下手な小細工はせぬことだ。あっという間に終わる」

「しかし……」

不安に思う光秀だが、貞良は取り合わなかった。

「世間知らずの女一人、騒ぐこともなかろうよ」

実際、事が決行されると、貞良の言うとおりに進んだのであった。


荒法師と人買いがもめ合っているうちに、光秀は宿の中に忍び込んだ。

宿と言っても、商家の納屋に仕切りをつけただけの粗末《そまつ》な造りだ。開け放たれた木戸から中に入ると、すぐに女の姿が見えた。

十二単《じゅうにひとえ》とまではいかないが、小袖《こそで》よりも数枚余分に着込んだ女が、いきなり飛び込んできた光秀を不思議そうに見ている。

恐怖よりも驚きが勝《まさ》ったらしく、声もない。

(考える暇を与えぬことだ)

光秀は女を抱き上げると、そのまま肩に担ぐようにして、裏から飛び出した。

ただ、冷静でいられたのはここまでだった。

軒を連ねる商家の隙間《すきま》にある、道とも言えないような路地に入り込む。そこを右に左に曲がっているうちに、焦りと高揚した感情の中、自分がどこにいるのかわからなくなっていた。

それほど力があるわけでもない光秀だったが、このときばかりは必死だった。女が痩《や》せていたせいもあるが、まったく重さは感じていなかった。

女のほうは暴れたりしなかった。未だ自分の身になにが起こったのか、あるいはわかっていなかったのかもしれなかった。

追ってくる者の気配もなく、光秀はようやく足を止めた。気がつくと、見知った宿坊の薪小屋《まきごや》が目に入った。

薪小屋の中に入り込み、光秀は女を床に下ろした。女はまったく動かず、まさに置かれているような状態だった。

女の顔には恐怖というより、戸惑いのようなものが浮かんでいた。声も発せずに、じっと光秀を見ている。

「今業平《いまなりひら》かえ……」

女がようやく聞き取れるほどの声でそう言った。

古典『伊勢物語』の主人公は「昔男ありけり」と名は明かさぬが、実在した貴族、在原業平《ありわらのなりひら》と言われる。その中で「男」は高貴な身分の姫を盗み出したという物語がある。

それを知っていた女は、目の前の光秀に対して、「現代の業平」と言っているのだが、もちろんそんなことは光秀にはわからない。

「名はなんという？」

女は首を振った。本当の名は言いたくないのだ。この時代、本当の名を知られれば呪詛の対象にされると信じられていた。ましてや、そういった縁起をかつぐ公家の出だ。

だが、光秀は許さなかった。

「言え」

静かだが、凄《すご》みがあった。

女は観念したように、消え入るような声を出した。

「熙子《ひろこ》……」

女――熙子の様子を見て、光秀はさらに強い口調で言った。

「宮中での礼法はわかるか？」

熙子は光秀の言葉が理解できていないかのように、首を傾《かし》げた。

高揚した気持ちが光秀の声を荒らげさせた。

「おまえ、公家の娘だろ！　宮中での立ち振る舞いについて知っているのかと聞いておる！」

光秀の勢いに、熙子はおびえたように顔を背けた。

「御所へは上がったことはございません。なれど、『江家次第《ごうけしだい》』なら写しを読んだことがございます」

熙子が言った『江家次第』とは平安時代後期に書かれた宮中の有職故実をまとめた書物である。全二十一巻から成り、宮中での儀礼などすべてが記されていた。それを男ならともかく、娘にまで読ませるとは、彼女の家はよほど学問を重視する家柄と言える。もっとも、この時代にそんな学問が金になるとは思われず、結果、その娘を売りに出すとは皮肉なものであった。

光秀は、書物の名を知る由もなかったが、熙子の返答を肯定と受け取った。

「知っているということか！　ならば……」

光秀が小袖に手をかけた。

力任せにはだけさせる。白い肢体が帯のとれた衣の間から現れた。

さすがに熙子は悲鳴をあげていた。しかし、やはりか細く、その声がだれかに届くことはなかった。

「おまえの人生は俺がいただく！　恨むなら恨め！」

光秀も女を抱いたことはある。それは銭で買った女で、それほど自ら動くこともなく、ただ女の為すことを待てばよかった。そのため、強引な行為は光秀にとっても初めての経験だった。

（悪人になるさ！）

決意が興奮を増幅させ、光秀は乱暴になっていた。そのまま熙子に乗りかかり、貪《むさぼ》るように肌に顔を埋めていた。

やがて、破瓜《はか》の痛みに、熙子がふたたび悲鳴を上げた。

3

永禄八年（一五六五年）五月。現代の暦《こよみ》で言えば六月頃である。坂本でも桜の季節はとうに過ぎ、山々が青々とした若葉で覆われている。

この頃、光秀は貞良の暮らす商家から、少し離れたところに家を借り、移っていた。女と暮らすようになったからであった。

光秀は貞良を訪ね、言った。

「熙子に子ができた」

「ほう。名実ともにあの女はおぬしの妻ということだな」

だが、光秀は浮かぬ顔であった。

「どうした？」

「どうにも相手の心がわからぬ。俺に心を開いているのかどうかも」

貞良は笑う。

「自分を犯した悪人に心など開くものか。大義を成就したければ、個の幸せは捨てるのだな」

「仕方ない」

「あの女が妻ということは人に言ってもいいが、公家の娘ということは言うなよ」

「なぜだ？　そう言ったほうが箔《はく》付けになるのではないのか」

「おぬしと公家の娘では釣り合いがとれぬ。おかしく感じる者も出てこよう。それよりも、明智のあった美濃の豪族の娘のほうがしっくり来る。そのうちに良き家を見繕《みつくろ》うことにしよう」

後日、熙子は美濃の土岐氏庶流の妻木《つまき》氏の娘とされた。さらにずっと後のことになるが、妻木氏は光秀の家臣となる。

「ところで」

光秀が貞良を訪ねた理由は熙子のことではなかった。

「そろそろ動きたい」

武士、明智十兵衛光秀を世に出したいというのだ。

しかし、貞良は口を閉じたまま答えない。

「いつもすべてを見通しているかのようなおまえにしては珍しいな」

「よせ。わしは別に神でも仏でもない。世の中思いどおりにならぬことだらけだ」

「なにかあったのか」

「公方様が伊勢家の復権を望んでおらぬらしい。当たりをつけた奉公衆の侍から内々に文が届いた」

公方様とは将軍足利義輝のことである。

「無論、わしは死んだことになっておるのでな。伊勢家の庶流を名乗ったのだが、公方様はまったく取り合《お》うてくれぬと」

貞良の計画はこうだった。まず伊勢家として赦《ゆる》しを乞《こ》い、そのうえで側近に光秀を推薦する。光秀は将軍奉公衆の一人となって、将軍の傍《かたわ》らに侍《はべ》りながら各地の大名と繋がりを持つ。その中で、旧来の施策に囚われない大名を見つけ出し、都に招き入れ、政権を担わせる。光秀はその大名に取り入り、政権に参加し、己が理想を政策に反映させていく。

最初にこの話を聞いたとき、光秀には思うところがあった。それは、現在の足利将軍を守《も》り立て、理想に向かうことはできないのかということだった。

「無理だな」

今の幕府はもはやなんの力もないという。権威が残っているため、利用はされるが、将軍の親政はもはや夢物語というのだ。

「公方様にしても三好や松永《まつなが》の操り人形にすぎぬ。おぬしの追い求める理想を実現させるには、人心を一新させねばな」

「しかるべき大名はいるのか」

「心当たりはあるが……」

このときは貞良が口を濁《にご》したままで終わった。


貞良の考えでは、ともかく将軍に近侍せねばなにも始まらないのだが、そこですでに躓《つまず》いている。現況を打破するためには光秀でもわかることが二つあり、当然貞良もわかっているはず、と思われた。だが、光秀の目には貞良は迷っているように見えた。

「おまえが言わぬなら、俺が言う。我らがとるべき方策は二つあると思う。一つは公方様に直接目通りし、赦しを得ること。あとはおまえの企てどおりだ。もう一つは間を取っ払い、力のある大名に仕官する。その大名とともに戦い、やがて天下の政《まつりごと》に加わればよいではないか」

だが、貞良は首を振った。

「二つめはだめだな。大名に仕官したところで新参のおまえが認められるのはやはり難しいものがある。おまえは武士になりたてで、作り上げてきた経歴もいきなり地方で生かそうとしてもぼろが出やすい。中央での箔付けがあってこそ、大名どもの目を眩《くら》ますことができる」

「では公方様の赦しを得るしかなかろう」

「それは……」

貞良には、赦しを得るためには、自分が将軍の前に出なければならないことが引っかかっているようだった。

「死んだと思われていた人間が実は生きていたなど、よくあることだろう。直接目通りすれば赦しを得やすいのではないか」

「表には出たくないのだ。その決意は変わらぬ」

「これでは埒《らち》が明かぬぞ。一時だけ表に出て、後は引っ込めばよいではないか」

「そういうものではない」

つまらぬところで諍《いさか》いとなった。光秀がいくら言っても、貞良は表に出ることは頑強に取り合わなかった。なぜそこまで、とも思うが、光秀も諦めるよりなかった。


数刻が過ぎたときだった。

商家の手代が貞良に文を持ってやってきた。

何気なく読み始めた貞良だが、その顔色が変わる。

「十兵衛！」

いきなり貞良が光秀に文を突きつけた。

「これは……！」

「なにがあった」

「公方様が弑逆《しいぎゃく》された！」

永禄八年五月十九日（一五六五年六月十七日）。室町幕府第十三代将軍足利義輝は、以前より対立してきた三好三人衆らの軍勢に襲われ、殺された。世に言う「永禄の変」であり、義輝が親政を志したことを三好らが危険視したためだった。この国の下克上が極まった瞬間であった。

これにより、光秀は目通りをする前に、奉公する主君を失ってしまったのである。

呆然とするしかない光秀だったが、貞良のほうを見たとき、思いもよらず、愕然《がくぜん》とする光景が待っていた。

貞良が満面の笑みを浮かべていたのである。

「十兵衛、運が開けたな！　千載一遇の機会が転がり込んできた！」

「なにを……」

言っているのだ、という疑問の声までは発することができなかった。光秀の言葉を遮《さえぎ》るように、貞良は叫んでいた。

「次の将軍を手に入れるのだ！　おまえの夢のための、これほど大きな力はないぞ！」

手に入れる？　将軍を？　と聞き返したいことは山ほどあった。が、貞良は光秀がなにか言う前に立て続けに〝為すべきこと〟をまくし立てていた。

「今すぐ都に行く。生き残った奉公衆と連絡をとり、すぐに義輝様の代わりを奉じるのだ」

「奉公衆も混乱の極みに達していることだろう。今手助けすれば、新たな公方様の側に侍ることなど造作もない」

「義輝様には弟君が二人いらしたはずだ。どちらかを〝玉〟として掲げ、しかるべき大名のもとに入り込む」

「三好の軍勢は弟君も殺しにかかるぞ。〝玉〟がなくなったとき、おぬしの夢も潰《つい》える」

「急げ！」

言われるがまま、その日のうちに光秀は坂本を出立した。貞良も表に出ないよう、従者に身をやつして、同行する。

運命は大きく動き出していた。

4

京に入ると、光秀たちはすぐに幕臣の何人かと合流することができた。三好一党の監視の目は京中を覆っていると思われたが、そこは魑魅魍魎《ちみもうりょう》の跋扈《ばっこ》する欲望の地。さまざまな欲と欲がぶつかり合い、人心がまったく同じ方向を見ることはなく、異なる想いの持ち主たちも姿を隠すことができた。

「ツテなどいくらでもある」

貞良の人脈はとてつもなかった。それでいて、決して表には出ず、あくまで光秀が動いたようにしてくれていた。

「兵庫頭殿に見込まれた御仁とあらば信用できる」

かつて貞良と会ったことのある者たち、いや貞良の話を聞いていた者たちまでもがそう言った。もっとも貞良自身は今は〝故人〟ということになっているが。

集まった幕臣たちの想いは決まっていた。新たな将軍として、前将軍の弟である一条院門跡覚《かく》慶《けい》を擁立すること。そうすれば、自分たちも過去の立ち位置に戻ることができる、それが行動原理となって、彼らを突き動かしていた。

足利将軍家は伝統的に、後継者争いを避けるため、嫡男以外の男兄弟は幼いうちに出家させられ、歴史ある寺院へと入れられた。覚慶も元は千歳丸《ちとせまる》といい、兄義輝を憚《はばか》って、奈良にある興福寺の一条院へ入室した。本来ならば彼はこのまま僧侶として一生を終えるはずであった。しかし、将軍義輝が殺されるという変事は彼を歴史の表舞台へと引き戻した。

三好党によって興福寺に押し込められている覚慶を救い出し、還俗《げんぞく》させ、将軍とする——光秀はその計画の中に入り込んだのだった。

「細川兵部大輔《ひょうぶだゆう》でござる」

その偉丈夫は静かな声で言った。

（この男が、名門細川家に連なる……！）

光秀はしげしげと男を見た。

いよいよ覚慶救出のため一同が奈良に移動したときだった。当地に駆けつけたのが、細川兵部大輔藤孝《ふじたか》であった。

目元涼やかで気品があり、いかにも名門の後継者といったふうを醸《かも》し出《だ》している。

細川家は初代将軍足利尊氏《たかうじ》による幕府創設の際に功があり、三代将軍義満《よしみつ》を補佐した頼之《よりゆき》などの人材を輩出し、幕府における臣下最高位の三管領の一家となった。やがては権力闘争に勝ち、畠山《はたけやま》氏、斯波《しば》氏などの他の管領家を出し抜き、細川政権というべき状態を作り出した。その後の細川家の衰退がなければ、ここまでの幕府の弱体化もなかった。以上は、光秀が貞良から聞かされたことである。

藤孝は血縁こそあるものの、他家から細川の支流に養子に入った。それでも、その才は幼い頃から轟いており、一族期待の俊英とのことだった。

この変事に当たっては、藤孝は覚慶とは別の、将軍の弟に当たる周暠《しゅうこう》の救出を目指していたのだが、間に合わず殺されてしまったため、こちらに来たという。覚慶の救出はここにいる皆にとって最後の希望となったのだ。

その想いからか、幕臣たちの顔にはわずかな高揚すら浮かんでいる。

しかし、光秀はそんな想いに囚われることはなかった。人に知られぬよう注意を払いながら、じっと藤孝を盗み見ていた。

奈良に来るまでに貞良から聞いた言葉がある。


『細川兵部大輔には気をつけろ』


貞良は真剣な顔で言った。

「どういうことだ？」

「恐ろしく聡《さと》い」

「有能な人物か、結構なことじゃないか」

「おぬしの正体を見抜くかもしれないと言ってもか」

「！」

貞良は「たとえ」と話を続ける。

「見抜かれたとしても、今すぐなにかするとは思えぬが、後々面倒なことになる。ともかく兵部大輔の前では身の処し方に細心の注意を払うのだ」

今度は光秀が「しかし」と反論した。

「なぜ俺が見抜かれる？　所作も知識ももはや完璧だとおまえは言った。武芸にしても馬術にしても、これ以上学ぶものなどないと」

「それでも気をつけねば兵部大輔は見抜くだろう。あの男は混じり気のない生粋の武士だからだ」

「生粋の武士……？」

「おまえにはわからぬであろう、生まれながらの武士がいかなる者か。幼き頃から叩き込まれた侍の心というものは、純であり、荒々しくあり、そして……恐ろしいものだ」

「わからぬ。俺となにが違うというのだ」

「違うのだ。こればかりは説いてもわからぬものだ。おぬしも武士の世界で生きていけば、やがてわかるときも来るであろう。が、今は気取《けど》られぬよう心を配れ」

（生まれながらの武士との違い……）

光秀は最後まで納得のいかぬ顔をしていた。


今、この場に貞良はいない。幕臣が多く集まる中、万が一見知った者がいるのを恐れてのことだった。

（悪人になれと言ったり、武士になれと言ったり、そうかと思えば武士のことは説けぬと言ったり……）

どうであろうが、もはや光秀には些細《ささい》な問題だった。

（まあよい。俺は決めた道を進むだけだ）

光秀は細川藤孝に自分から近寄って言った。

「明智十兵衛光秀にござる。以後、お見知りおきを」

「おお、貴公が」

藤孝は好ましげな笑みを浮かべた。

「今は亡き伊勢兵庫頭殿に見いだされたと聞いております。兵庫頭殿においては残念なことを。先の公方様との間は不幸なことになりましたが、こたび、御舎弟様のために働くことで良き供養になると存ずる」

「手前もそのように思っております。いくらでも御下知くださいますよう」

光秀は、兵部大輔という高い官位を持つ藤孝にへりくだったように言った。

幕臣たちは、率いる軍勢がなくとも、官位の高い者が多い。無位無冠である光秀は、ちゃんとそのことをわきまえていると印象づける必要があった。

（京侍たちの見栄《みえ》をちゃんと汲《く》んでやるさ）

奈良までやってきた幕臣は十を超えなかった。これは見限った者が多いということもあるが、覚慶奪還の作戦を実行するため、敢えて少数で行動しているというほうが正しい。正面から興福寺に乗り込んでも、数に勝る三好党に蹴散らされるのが落ちだ。

改めて軍議が開かれ、中心となったのは藤孝だった。

すでに興福寺の衆徒とは話がついているという。

（いつの間に……）

光秀は内心藤孝の手回しの良さに舌を巻いた。

（なるほど、切れ者だ）

奈良は三好党の松永久秀《ひさひで》、久通《ひさみち》親子の勢力圏となっている。が、この松永親子と興福寺はそれほど仲が良くない、というか、はっきり対立していた時期のほうが長い。今でこそその力の前に従ってはいるが、よく思っていない僧侶のほうが多かった。ましてや、覚慶は興福寺の中の有力な寺院、一条院の門跡なのだ。

さらに三好党が覚慶に手をかけ、寺内が血で穢《けが》されるのも興福寺としては避けたかった。門跡を追い出すことにはためらいがあるが、できれば災《わざわ》いの種には遠くに行ってもらいたい。それが興福寺の偽らざる本音であった。

これらのことを見抜いたうえで、藤孝は興福寺衆徒と密《ひそ》かに連絡をとったのだ。もう一人の将軍候補に目が向いていた時間を考えれば、この手際の良さは驚異的と言ってもよい。

それらを踏まえたうえで藤孝は言った。

「衆徒たちが寺の中で騒ぎを起こす。三好松永のやつばらがそちらに気をとられているうちに御舎弟様を連れ出してほしいとのことだ」

実際、騒ぎに際して何人の兵が向かい、何人が残るのか、そのあたりはまったくわからない。後は現場の判断ということになる。

が、もはやそこまで議論している暇はなかった。覚慶が三好党に亡き者にされた瞬間にすべてが終わるのだ。

一同は興福寺に急いだ。

夜になり、闇が寺を覆う。

それに逆らうように三好松永の兵たちによって煌々と篝火《かがりび》が焚《た》かれている。そのまわりを武装した兵士たちが槍を手に周囲をにらみつけている。

兵士たちが囲む堂宇の中に覚慶が囚われているのだ。

光秀たちは篝火の届かない茂みに隠れている。そこでひたすら内応した興福寺衆徒による騒ぎが起きるのを待っていた。

（まだか……）

緊張感の続く中、じりじりと焦りが募《つの》る。

そのときだった。

境内の一角から、いきなりけたたましく爆竹の音が響いたのである。

（始まった！）

爆竹の音といっても、今の世にあるような火薬を用いたものではない。爆竹とは、その名のとおり、竹を燃やして、節が弾けるときに大きな音が出るのである。

興福寺としても三好党と戦うわけではないのだから、徒《いたずら》に刺激して人死にが出るのは避けたい。その点、竹ならば寺内のどこにでも転がっており、仏事のために燃やしたとでも言っておけば、追及もかわせる。

それでいて、爆竹の音は兵士たちを驚かせ、興味を引くのに十分な役割を果たした。

多くの兵士が音の鳴っているほうに走った。残っているのはわずかに数人。

(後は残りをなんとかやり過ごして、堂に忍び込めば……)

光秀がそう考えたときだった。

「！」

藤孝が茂みから飛び出していた。兵士たちとの間を一気に詰め、抜いた刀を喉元に叩き込んだ。一刀で兵士は絶命する。続けざま、二刀目も確実に別の兵士の喉を斬り裂いた。

藤孝のあとを追うように、他の侍たちも兵士に斬りかかっていた。声を発する間もなく、その場にいた兵士たちはすべて倒れ込んでいた。

気がつくと、茂みに残っていたのは光秀だけだった。

(なんだ、これは……)

光秀は呆然とその光景を見ていた。

彼らは興奮し、激高して飛び出したわけではない。冷静に残った兵士たちを始末したのだ。光秀のように「やり過ごす」という発想はなかった。相手の死を躊躇なく選択したのだ。

『おまえにはわからぬであろう、生まれながらの武士がいかなる者か』

貞良の言葉が光秀の脳裏に響く。

光秀とて戦場が初めてなわけではない。死んだ武者から金目のものを剥ぐため入り込んだこともあるし、放浪時代、まともな合戦の場に紛《まぎ》れ込《こ》んだこともあった。落ち武者狩りに参加したことすらある。寺にいたときから死は身近なものではあったが、それでも自ら命を奪いに行ったことはない。偶発的に他人を殺めてしまったときですら動揺した光秀である。武士たちの行動は理解の外であった。

が、現状はなにかを考えている場合ではなかった。我に返ると、すぐに茂みを飛び出して、何食わぬ顔で藤孝たちに近づいた。気づかれてはならなかった。武士ではないことを。

「さあ、御舎弟様を」

一同は堂に入り込んだ。

憎形の男がおびえたような目をして、座り込んでいた。

「覚慶様!」

初めて会う覚慶はどこかひ弱な人間に見えた。

(この男が武士の長になる……)

先ほどの藤孝たちの行動がまだ強烈に心に焼き付いていたのか、光秀は目の前の男から、なんとも言えぬ違和感を覚えていた。

5

三年の月日が経っていた。

　この間、光秀は、還俗して覚慶から名を改めた足利義昭《よしあき》とともに、追っ手を避け、伊賀《いが》、近江《おうみ》、若狭と転々として、今は越前《えちぜん》の守護、朝倉左衛門督義景《あさくらさえもんのかみよしかげ》のもとにいた。

　晴れて義昭の奉公衆の一人となった光秀だが、義昭本人の前途はあまり芳しくない。京都帰還と将軍職就任のために各地の大名たちに書状を出しているが、色よい返事はもらえていなかった。義昭自身がかなりの期待をかけていた滞在先の朝倉義景からして、言を左右にし、動こうとしなかった。

　その間、三好党は傀儡《かいらい》として義昭の従兄弟《いとこ》の義栄《よしひで》を擁立し、第十四代の足利将軍につけていた。

　追い詰められた義昭が、新たに期待したのが、尾張美濃を征し、飛ぶ鳥を落とす勢いの織田尾張守信長であった。

　問題は、この織田家との交渉役――取次である。

　もともと、奉公衆の間では、伊賀に居城のある和田《わだ》伊賀守惟政《これまさ》が織田家との取次を担っていたが、さしたる成果もなく、義昭としてもだれか代わりの者を考えざるを得なかった。そして、後任としては、織田家の勢力下となった美濃出身の光秀が選ばれるのは周囲からは当然と受け止められた。

　このとき、光秀自身、新たな織田家との取次に任命されるよう、裏で猛然と運動している。実は、これはすべて貞良に言われたことであった。いや、付け加えるならば、義昭が越前朝倉家を頼るよう仕向けたのも、貞良の策のうちであった。

「義昭様をもっともっと高値にせねばな」

貞良は飄々とした笑みを浮かべ、そう言った。

「朝倉に移ってもらうことで高値にするとは……別の大名に義昭様を売りつける気か」

「少しはわかるようになってきたではないか、十兵衛」

「最初からそのつもりだったというわけか」

「朝倉は動かぬよ」

貞良が言うには、朝倉義景は覇気に欠ける人物だという。

「人任せの甘い男よ。当然、天下に号令する気力などない。おそらく、義昭様を助けることを最初は栄誉と思えども、やがては飽き、そばにいることすら疎《うと》ましく思うであろう」

「朝倉家の風向きを義昭様も当然感じ、不安に思うというわけか。そこで他の大名家に移るよう言上すると」

「うむ」

「で、どこに売るつもりなのだ？」

「おぬしの故郷よ」

「斎藤……いや、今は織田か」

光秀が故郷を出てから、美濃の国主であった斎藤家は没落し、隣国尾張の織田家のものとなっていた。

光秀はそれについて特に感慨はない。弱き者は滅び、強き者のみが生き残る乱世の原理が単に自分の故郷である美濃に適用されただけであるからだ。しかし、勝者となった織田家、その当主である信長については興味があった。

「いよいよしかるべき大名に取り入るときが来たのよ。それが織田家だ。織田尾張守はおぬしの夢を実現するのにうってつけの人物だな」

「なにを根拠に？」

「わしは畿内《きない》周辺の大名小名どもの動向をずっと探っていた。おぬしの夢のために、わしの考える条件を満たす家はあるのかと」

「条件？」

「うむ。一つは上洛《じょうらく》の意志があり、畿内を制覇できるだけの力を持っておるか。今一つはおぬしのような外様《とざま》を受け入れる度量を持っておるか」

貞良に言わせれば、朝倉などはこのどちらにも当てはまらず、それゆえ眼中になかったという。

「朝倉は言ったとおり、上洛する覇気はなく、連枝譜代ばかりが幅をきかせるお家柄だ。まったくもって使えぬ。せいぜい〝玉〟の引き立て役にしかならぬわ」

「織田はそうではないというのか」

「尾張守が今使っている朱印を見たことがあるか」

「朱印？　印文になにか意味があるのか？」

「尾張守は印章に『天下布武』という文字を刻んでいるそうだ。天下に武を布《し》く……尾張守は天下を意識している表れではないか」

この時代、天下とは京を中心とした畿内のことであり、貞良もそう認識していた。そのうえで、信長の目は京に向いている、と言った。

だが、光秀は別の可能性に思い当たっていた。

(天下とは、天の下すべて、すなわち日ノ本そのもののことではないのか……)

この世から上下を無くしたいと思う光秀の、「この世」とはまさにこの国すべてのことだ。「天下布武」とわざわざ印を刻んでいることから、光秀には畿内だけとは思えなかった。

(気になる男だ、織田尾張守とは。それにしても……)

光秀は信長の話以上に貞良の持つ情報の細かさに驚愕《きょうがく》した。

「なに、人付き合いがいいだけだ」

貞良はそう言うが、特に忍びを使っているわけでもなく、これだけの情報を得ていることは恐るべきことと言ってよい。

確かに光秀たちのいる坂本は、琵琶湖舟運の中心であり、各地の商人をはじめ、さまざまな職種の人間が集まる。彼らはいろいろな情報を持っているが、それを多く手に入れ、正しいか正しくないか判断できることは一種の才であった。

「仏の目、仏の耳を持つか」

「神のほうかもしれぬぞ」

貞良は呵々と笑い終えると、さらに言った。

「尾張守は人材に貪欲《どんよく》な方のようだ。農民あがりの者まで重き役に就けているらしい」

「それは……」

故郷の支配者がそのようなことになっていたのは、光秀には思いもよらぬことだった。

「役に立つものならば、身分は問わぬということだな。義昭様という〝玉〟と、武家公家両方の有職故実への詳しさ。この二つがあれば、必ずや尾張守はおぬしを歓迎するであろう」

「織田家に仕官しろというのか。義昭様の奉公衆はどうする」

「そんなもの、犬にでもくれてやれ」

「な……!?」

「戯《ざ》れ言《ごと》だ。さすがにそうもいかんだろう。なに、どちらからも禄《ろく》をもらえばいい」

「そんな簡単に……」

「おまえさえ気にせねば、だれがなにを言ったって関係ない。両者に属していれば、なにかと利もあろう」

貞良は呵々と笑った。

光秀は困惑するしかない。

「ともかく、わしの言うとおりにしろ。織田家に入らねば、なにも始まらんぞ」

「わかった」

光秀はそう言うしかなかった。

だが、ここで急に貞良の表情が変わる。

「わかったと言ったな」

「えっ？」

「覚悟が決まったというわけだな」

「覚悟？　待て待て。どういうことだ？」

「いいか」

貞良は、この男にしては極めて稀《まれ》な、真剣な表情をしていた。つられて、光秀も姿勢を正す。

「織田家中に入ったとあらば、おぬしは有職故実に長《た》けた、由緒正しき武門の出ということになる。主人や同僚はおまえをそういう目で見続ける。つまり、〝嘘〟であることは決して見破られてはならない」

「…………」

「これまではやり直しもきいた。逃げてしまっても問題なかった。今もそうだ。たかが流浪の公方に付き従っているにすぎぬ」

「…………」

「だが、織田家中に入り、ある程度の地位を得たならば、もはや〝嘘〟は嘘ではない。真実なのだ。もし、見破られれば、おぬしの身の破滅だ。すべてを失う」

光秀の喉がごくりと鳴った。事の重大さがようやくわかった。

「だからこそ、覚悟を聞いたのだ。今ならまだ間に合うぞ。なにもかも取りやめて、市井《しせい》の中で暮らすことも……」

「やる」

光秀は短く言った。

「おぬしの言うとおり武士になった。悪人にもなった。さらに〝嘘〟をつき通すことになんのためらいがあろう」

貞良は、その目をじっと見つめる。

光秀も見つめ返す。

「〝嘘〟は絶対に見破られることはない！」

強い口調の言葉を聞いて、貞良はいつものように呵々と笑った。

「よし、良き覚悟だ」

「もともと俺には守るものなどない。失うことは恐れぬが、道が断たれることは恐れる。上下無き世のために織田家中に入ることが一番となれば、なんとしても入ってやる。生まれながらの侍として生きよというのなら、生きてやる！」

「そうか。では」

貞良はニヤリとして言った。

「最後にもう一つ、秘策を授けよう」

6

数日後、光秀は美濃にいた。

光秀の運動が実り、織田家との取次に選ばれたのだ。その最初の仕事として、義昭の書状を信長に届けに来ていた。

かつての美濃斎藤氏の居城稲葉山城が新たな信長の本城になっている。

(尾張の人間が美濃に居城を移したということか)

さらに稲葉山城のある一帯はかつて井ノ口と呼ばれていたが岐阜と名を変えていた。

『岐阜とは、唐土に理想の王朝と伝わる周が起こった「岐山」からとったそうだ。織田尾張守という男の本気が知れるな』

貞良は美濃に向かう光秀にこうも言った。

「新たなる国を始めようということか……」

織田信長は、夢物語などではなく、この日ノ本に覇を唱えようとしている。そのとき、世に現れるのは、光秀が理想とする上下無き世か、それとも弱者が一方的に踏みにじられる世か。

(信長という男にそれをやることができる力があるのなら、なおのこと織田家に入り込まねばならぬ。俺の夢のためにも。そのためには……）

光秀の頭をよぎったのは、貞良から授けられた秘策であった。

稲葉山城の大広間にて、光秀は床にひれ伏していた。頭を上げれば、そこには織田尾張守信長が見られるはずだ。

本来、将軍奉公衆であれば、地位は信長と変わらない。しかし、将軍宣下を受けていない義昭にはなんの力もない。その奉公衆に対して、信長は当然のように頭を下げさせたのだ。

（和田伊賀守などは、この扱いに耐えられなかったというわけか）

前任者のいらぬ自尊心が交渉を進展させなかったことを光秀は一瞬で理解した。と、同時に儀礼よりも現実を重視する信長の意向も。

すでに一刻前に書状は提出してある。その中身に対する答えが今から告げられるはずであった。

「面をあげられよ、明智十兵衛殿」

声に光秀は頭を上げた。

上段には細面の武士が座っている。顔だけ見れば線の細さを感じるが、着物を通しても、胸筋や肩など、膨《ふく》れあがった筋肉があることがわかる。

（相当な鍛錬を積んでいるということか。昼間から寝所に女でも稚児でも引き入れる義昭様とは大違いだな）

先の見えぬ中で、現実から逃避したいのか、ただただ快楽に耽《ふけ》る義昭のことが思い出された。浴びせられる視線は冷たく、鋭い。

(やはりこの男か……)

信長は視線を横にいた小姓に移した。小姓が緊張した面持ちで口を開く。

「我が殿が申すには」

ここで光秀は初めて、先ほどの声も小姓のものであることを知った。信長はまだ一言も口を開いていないのだ。

(声を出すまでもないということか。それほどこちらを下に見ていると？　いや……そうではないのか……)

信長から嘲笑《ちょうしょう》や尊大さは感じられない。どうやら本当に寡黙な男のようだった。

小姓の声が響く。

「先の将軍家御舎弟様よりいただきし書状によれば、越前朝倉家と合力し、三好退治をせよとのこと。その場合、朝倉殿はいつ立たれるのか。さらに、当家と朝倉家の序列はどうなるのか」

光秀は義昭の書状の中身は、密かに盗み見ていた。なので、織田家の疑問は至極当然だとわかる。

(義昭様は朝倉を切れなかったか)

光秀は、本来はまったく動かぬ朝倉を捨て、織田に乗り換えるための使者であった。奉公衆の中でもその意見が大勢《たいせい》を占め、義昭も受け入れたはずであった。

が、最後の最後で義昭は日和《ひよ》った。大名同士の面子《メンツ》を考えず、今、世話になっている朝倉を切って、禍が起きないか、逡巡《しゅんじゅん》した。

もともと織田と朝倉は足利一門斯波氏の被官で、仲が悪い。その両者に合力しろとはかなり虫の良い提案だった。

これでは織田も動かない。

「恐れながら」

おもむろに光秀が口を開いた。そこから飛び出した言葉は、その場にいた誰をも驚愕させるものだった。

「足利義昭様は〝玉〟でございますれば、後は尾張守様の望むがままということに」

光秀は、義昭奉公衆という立場を捨て、すべてをさらけ出した。これが貞良に言われていた「秘策」であった。


「すべてを明かす!?　こちらの本音を？」

その「秘策」を聞いたとき、光秀もまた驚いた顔で貞良に聞き返した。

「さよう」

貞良は落ち着いた顔つきでうなずいた。

「義昭様はただの〝玉〟と？　織田家中に入りたいと？」

「ただの使者がいきなり織田家に仕官するなどかなわぬことだ。たとえ、おぬしの噂を聞いていたとしても、そのくらいの人物、京に行けば他にもおるやもしれぬなどと思われたらそれで終《しま》いだ」

「それは確かに……」

「だからこそ、こちらから行動を起こさねばならない。それも、強烈な印象を与える行動を」

「義昭様をないがしろにした物言いで、不忠者とされるのでは？」

「尾張守という男、身分を問わず才のある人物をとるということは、建前を嫌い、その裏にある本質のみを得たいという欲があるとわしは見た。無論、不忠者はどこの家中でも嫌われる。けれど、今の主君では物足りぬ、もっと大きな人物のもとで才を試したいという、見限ったのはこちらだということをはっきりと示すのだ。もし尾張守に、自分なら目の前の男を使いこなせるという自信があるのなら、おまえを不忠者とは見ず、自分に頼ってきた者と評するであろう」

「そんなにうまくいくのか？」

光秀はまだ不安だった。

「賭けだな」

貞良は不安を解消させるどころか、厳しいことをあっけらかんと言った。

「尾張守に不忠を咎《とが》められ、命を失うというのも十分あり得ることだ」

「けれど……」

光秀には貞良の言いたいことはわかっていた。

「覚悟のうち、ということか」

「そういうことだ。どうする？」

「やる」

光秀は、自分自身を鼓舞するように、大きくうなずいた。


光秀はじっと信長を見つめている。

(言ってしまったな)

顔は平静を保《たも》っていたが、心音は大きくなり、手足にかすかに震えが出る。

(しかし、もう後には引けぬ)

光秀は床に手をついた。

「手前は土岐氏の出にて、美濃は故郷でございまする。過ぐる弘治の役のときには、道三殿にお味方いたしました。しかるに運なく、一族は滅び離散いたしました」

信長の表情は変わっていない。なんの感情も出さずに、光秀の話を聞いている。

「手前はまだ年若《わこ》うございましたが、あのときのことを思い出しますと、涙が出ます」

光秀は自分をも信じ込ませようとしていた。そのとき、地べたを這いずり回り、死者から金目のものを漁っていたことのほうが幻なのだ、と。

「その後は京に上り、伊勢家の引き立てにより、武家および宮中のしきたりについて学びました。けれど無念は募るばかり。この美濃にて、正統なる御方のもとで奉公したかった。その想いからついつい出すぎた言葉が口から出てしまいました」

光秀は床にめり込ませんばかりに頭を下げた。

「平《ひら》に、平にご容赦を」

沈黙が訪れる。

光秀も頭を上げなかった。いや、上げられなかった。

期待と、それに倍する恐怖が光秀を襲っていた。

（どうだ……？　信長はどう思った？　俺はどうなる？　俺は……？）

永遠にも思える時間が過ぎた後、声が聞こえた。先ほどまでの小姓とは違う。

「御舎弟様とのこと、任せる」

ゆっくりとした、それでいて重々しい声だった。

わずかに顔を上げると、確かに信長本人の口から言葉が出た。

「励め」

光秀が賭けに勝った瞬間だった。

第三章『本《ほん》國《こく》寺《じ》』

1

永禄十一年（一五六八年）九月、織田尾張守信長は足利義昭を擁して、上洛を決行した。途中、三好党に与《くみ》する南近江の六角《ろっかく》氏を粉砕し、瞬《またた》く間《ま》に京を制圧。そのままの勢いに畿内を席巻《せっけん》し、義昭に対抗した十四代将軍足利義栄を四国へと追いやった。

義昭は朝廷から将軍宣下を受け、第十五代足利将軍となる。

義昭は、最大の功労者である信長を幕府の要職である管領に任命しようとしたが、信長はこれを辞退。代わりに望んだのは、貿易都市の堺《さかい》、東海道中山道《なかせんどう》両道が交わる交通の要衝である草津、琵琶湖舟運の重要地である大津の三ヵ所を支配下に置くことだった。信長は名よりも実《じつ》をとったと言われた。そもそも、信長の出身である、織田家庶流の織田弾正忠《おだだんじょうちゅう》家が尾張の支配者になれたのも、商業都市であった熱田《あつた》と津島を手に入れ、経済的に優位に立ったからであり、信長はそのことをはっきり認識していたに違いない。

ちなみに、義昭が将軍宣下を受けた後、信長もかつて私称していた弾正忠の官位を正式に朝廷に認められ、尾張守から弾正忠の名乗りに変えていた。

なお、坂本は信長の支配から外された。理由は比叡山延暦寺の勢力下であったことが大きい。

信長もこの時点では延暦寺と事を構えるつもりはなかった。

めでたく「公方様」と呼ばれるようになった義昭のため、信長は六条堀川にあった本國寺《ほんこくじ》を仮の御所とした。そのうえで、新たに家臣となった明智光秀らに義昭の世話をゆだね、自らは岐阜に戻っていった。


「なにを考えておるのか、弾正忠は」

本國寺本堂の物陰で、光秀と二人きりになると、貞良は吐き捨てるように言った。

「おい、ここには織田の兵も残っておるのだ。滅多《めった》なことを……」

焦る光秀だが、貞良の怒りは収まらない。

「十兵衛、わしがなにを怒っておるかわかるか？」

この頃、貞良は僧体となり頭巾《ずきん》で顔を隠して、「飄光《ひょうこう》」と名乗っていた。光秀のそばにいても怪しまれないための配慮であった。

「おぬしは秀でたる光。わしはその横で飄々とした、さして明るくもない光となろう」

そう笑って言った貞良だったが、今、その顔には笑みではなく、怒りが渦巻いている。

「弾正忠様が管領を蹴ったことか？」

「そんなことではない。それはむしろ正しいと思っておる。もはやなんの旨味《うまみ》もない地位についたところで、かえって動きが縛られるだけだ」

元幕臣であった貞良だが、私怨《しえん》抜きに、辛辣《しんらつ》だった。貞良はあくまで現実を見ていた。義昭が将軍についたところで、名ばかりの幕府ができるだけだということがわかっていた。だが、それでも将軍を擁することに意味があると光秀には語っていた。

「心配なのは、公方様についてだ」

「公方様……？　おぬしは公方様のことはただの〝玉〟としか考えておらぬと思っておったが、公方様の扱いについていったいなんの不満が……」

「わしの公方様への考えは変わっておらぬ。あの方は〝玉〟だ。そして、今の畿内の情勢は〝玉〟を持ったほうが勝つ。それを弾正忠がわかっておるのか甚だ疑わしい」

貞良は将軍という〝玉〟の意味をこう説明していた。強制的な力はなくなったが、未だに幕府という名は有効であり、その中心たる将軍は諸国の大名小名が無視できない権威を持っていた。つまり、天下に号令するためには、まだまだ足利将軍を立てるということに意味があるのだ、と。

「だからこそ、今回は義昭様を押し頂いての上洛ではなかったか」

信長も〝玉〟の重みについては知っているはず――それなのに、と貞良は続ける。

「十兵衛よ、もし義昭様が弑されたらどうなると思う？」

弑されるとは殺されるということ。足利義昭という将軍がなくなる。しかし、この国にはまだ将軍そのものの存在は必要なはず。となれば――

「別の〝玉〟が将軍の座につくということだ」

「いや、待て。十四代義栄様は病《やまい》で亡くなられたはずでは」

確かに、足利義栄は織田軍に追われ、阿波《あわ》に落ち延びてすぐ病死している。

「義栄様には御舎弟義助《よしすけ》様がおられる。〝玉〟とはいえ、代わりがいるということを弾正忠は忘れているとしか思えぬ」

畿内を制圧した信長だが、〝玉〟を失ってしまえば、その構想はすべて瓦解《がかい》する。そして、〝玉〟を失う恐れがあるというのだ。

「もう一つ合点《がてん》がいかぬのは、この本國寺を御所にしたということだ」

本國寺は鎌倉《かまくら》年間に創建された法華《ほっけ》宗の寺で、「西の祖山」と呼ばれたほどの大寺院である。

だが――

「弾正忠は『天文《てんもん》法華の乱』を知らぬか」

天文法華の乱とは、天文年間（西暦一五三二年から一五五五年まで）に京で隆盛を誇った法華宗が、これに対抗する延暦寺とその同盟勢力に壊滅させられた事件である。このとき、数千人の法華宗徒が殺され、洛内《らくない》にあった寺院はすべて破壊された。本國寺もその一つで、和議が成立し、再建されるまで長い年月を要した。

「そのときの延暦寺や他派との取り決めで、この寺はまったく守るに不向きな造りとなってしまった。四方を囲む通りとの境には壕《ほり》などなく、ただ仕切りのための土塀があるだけだ。いざ攻められたとき、すぐに破られよう」

「攻められる？　だれにだ？」

「無論、三好党だ」

「しかし、三好党は四国に逃れるか、弾正忠様に降伏したではないか」

貞良は光秀をじっと見る。その目が「甘い」と言っていた。

「〝玉〟さえなくなれば、弾正忠は京に足がかりをなくす。その絶好の機会をやつらが逃すと思うか。降伏など見せかけにすぎぬ」

貞良の真剣な表情に、光秀は背筋に冷たいものを感じた。

「時に十兵衛。妻子を京に呼び寄せたそうだな」

「ああ、これから京に長く住まうことになると思うてな」

「日和るなよ」

「えっ？」

「おぬしの目的は民のように日々の幸せを得ることではない。もっと大きな理想があろう。織田から禄を得たことで、銭に余裕ができたかもしれぬが、決して満足することなかれ」

「わかっている！」

光秀は語気に力を込めた。痛いところを突かれていた。織田からの禄は思いの外多く、衣食住など、個人的な欲求を十分満たすことができた。それは生まれてこの方味わったことがない歓《よろこ》びだった。けれど、理想を忘れたわけではない。光秀の反発は、貞良への言い訳以上に、己への戒《いまし》めであった。

「わしが三好なら、必ず近く動く」

貞良は険《けわ》しい顔で言った。あの呵々とした笑いは、ついに出ることはなかった。

2

貞良の予感は不幸にもすぐに的中することになる。

永禄十二年一月五日（一五六九年一月三十一日）未明。正月の行事が続く京の都だが、この日は前夜から特に寒かった。新たなる〝公方様〟への年賀に人々が洛中《らくちゅう》からも諸国からも駆けつけ、年が明けて丸四日経ったにもかかわらず、未だ終わりは見えず、今日も多くの祝賀が予定されていた。

六条御所（本國寺）は夜通しその準備に追われ、光秀も寺内に留まっていた。年が明け、光秀は数えで二十九歳になっていた。自ら年賀を行う時間など、もちろんない。それでも合間に酒がふるまわれ、めでたい気持ちに心満たされていた。

そこに血相を変えてやってきたのは貞良だった。

「光秀、急ぎ岐阜に早馬を！」

「どうしたというのか？」

酒が入っていたせいもあり、光秀の反応は薄い。だが、貞良の次の言葉で、酔いは一気に醒《さ》めた。

「河内《かわち》、和泉《いずみ》に隠れていた三好の残党たちが動き出した。すでに万を超えている！　まもなくここに押し寄せるぞ！」

「馬鹿な……！」

「わしの知る堺の商人が伝えてきた。弾正忠の代官はまだ知らぬと言い添えてな」

光秀は呆然とただ聞くのみであった。

「弾正忠の帰還から三月《みつき》。軍勢を整えるには十分な時間だ。そして、味方がおぬしのように気を抜くのにもな」

「どうすれば……」

光秀は貞良の嫌味も流すほど、動揺していた。

「落ち着け、光秀」

「ああ、うむ」

「今は岐阜はもちろん、畿内のお味方にも知らせ、援軍を募るのだ。京にいる侍たちも本國寺に籠《こ》もらせろ」

「それで撃退できるのか？」

「できぬ」

「えっ……」

「こちらはおそらく二千というところだろう。向こうは万。畿内に散らばったお味方の助勢を頼みながら、岐阜から弾正忠が駆けつけるのを待つしかない。対抗できる軍勢を集めて動かすには五日はかかろうぞ」

「五日……」

それは絶望的に長い時間と思われた。

「公方様を連れて逃げてはどうか？　今なら間に合うのでは？」

「いや、もう無理だ。うまく京を落ち延びられたとしても、南近江から六角が這い出してこよう。待ち伏せられて終わりだな」

「ここに籠城《ろうじょう》するのか……」

「この寺の防備の薄さをどうするか。光秀、ここが正念場ぞ」

「…………」

頭から浴びせられた泥水が、重く厚く徐々に固まっていく感覚を、光秀は味わっていた。

敵勢の襲来を伝えたときの武士たちの反応は、陰鬱《いんうつ》な気持ちとなっていた光秀とは真逆のものだった。

事態の急変を驚きはするが、焦って混乱するというわけでもない。むしろ、爛々《らんらん》と目を輝かせ、光秀とは違う想いで身を震わしていた。

「得がたき好機なり！　我が死に様を公方様に存分にお見せできる！」

「戦じゃ、戦じゃ！」

その光景を光秀はあきれたように見ていた。

（戦がうれしいと見える。理解できぬ。命のやりとりを喜ぶとは……）

それでも光秀は、地位ある者として、戦の準備を進めねばならない。

「夜明けとともに、敵はやってこよう。ご油断めさるな」

光秀は方々に敵襲を知らせて回った。

そんなときだった。本堂前で武士同士の争いが起きたという知らせが入った。

（こんなときになんの騒ぎか）

慌てて向かい、見知った幕臣をつかまえて、それでも落ち着いたふうを取り繕って言った。

「なにを騒がれておるのか」

「これは明智十兵衛殿」

「明智殿？」

十兵衛の顔を見知らぬ侍たちから声が漏れる。

「公方様からも弾正忠様からも信頼の篤い」

「名門土岐氏の」

一人の侍が一同に囲まれて地面に座らされていた。

「いったいこれは……？」

「こやつは臆病者《おくびょうもの》にて。逃げだそうとしておったのです」

周囲からも声が飛ぶ。

「武士の風上にもおけぬやつ」

「切腹させい！」

見ればまだ年若い侍であり、真っ青な顔をしている。勝ち目のない戦いを予想し、恐怖で逃げだそうとしたのだろう。しかし、恐怖は人に伝播する。彼の行為が許されざることであるのは、光秀にもわかった。ただ、心の中では同情的であった。

(わかるさ。俺だって逃げ出したい。しかもまだ子供と言ってもよい若さではないか)

このとき、光秀は侍たちの輪から少し離れたところに立つもっと幼い一人の子供に気づいた。子供は気丈にも、なにかに耐えるような顔で若侍を見つめている。

光秀は若侍を見た。子供のことをチラリと見たのがわかった。ただ、そのことをまわりには気づかれないように注意を払っているらしかった。

(訳《わけ》ありか……)

光秀は周囲の者たちに静かに言った。

「おのおの、今はそんなときではない。ここはこの者の命、預からせてはくれぬか」

「いや、それは！」

侍たちの間から不満の声が上がる。

「おぬしたちの気持ちも重々わかる。けれど、今はなによりも公方様のことを第一に考えねばならぬ。この者とて一時の気の迷いで逃げだそうとしたが、もう思い直しておるだろう。そうだな」

光秀が若侍に言った。そっと目配せをする。

若侍は地面に額をこすりつけ、声を上げた。

「それはもう！　どうか手前に働き場を与えてくださいませ！」

「公方様は慈悲深い御方。この者にも、戦場《いくさば》で死ぬ名誉を与えてくださる。すべては公方様のために戦ってくれ！」

その言葉を聞き、一同は渋々《しぶしぶ》うなずいた。

「わかりもうした」

「公方様のためになら」

「よくぞ申してくれた。土岐の名にかけて、そなたらのことは公方様に伝える。頼もしき勇者たちよ！」

「おう！」

力強き言葉が飛《と》び交《か》う中、光秀は若侍を連れ、輪の外に出た。

(我ながら口がうまくなった。貞良の受け売りもあるがな)

光秀は若侍を本堂の陰まで連れていき、言った。

「もう大丈夫だ」

「ありがとうございます！　なんと申し上げれば……」

若侍はふたたびその場で平伏しようとした。

「もうよい」

それを制した、そのときだ。

「喜六《きろく》！」

先ほどの子供が若侍のもとに駆け寄ってきた。

「熊次郎《くまじろう》様！」

喜六と呼ばれた若侍は、この子供の従者らしかった。

子供は光秀に向かって、深々と頭を下げた。

「喜六の命を救っていただき、ありがとうございました。私は伊勢熊次郎と申します」

（伊勢……？）

熊次郎はまだ十になるかならないかの年齢だろう。しかるに堂々と大人顔負けの振る舞いを見せた。

「我が伊勢家は代々政所執事の家柄。しかるにゆえあって出仕を止められておりました。こたび、新たな公方様に目通り願い、奉公の場を与えていただきたく、参りました」

まだまだ幼さが顔を出すたどたどしい物言いだが、光秀は理解した。

（なるほど。伊勢家再興のために公方様に赦しを乞いに来たか。しかるに、戦の危機を感じ、幼い主人を守るため、供の者が逃がそうとしたのであろうな）

光秀はじっと熊次郎を見た。

（それにしても、政所執事の伊勢家といえば……）

そのことには触れず、光秀は喜六のほうを向いて言った。

「この薄暗さなら、南の石門からはまだ出られるはず。そこから出て、後日、この明智十兵衛のもとを訪ねられよ。公方様、織田様には手前から伝えおく」

「明智様、それは……!?」

「いいから熊次郎殿とともに落ち延びよと言っておるのだ」

が、喜六に代わり、熊次郎が頭を振った。

「私も武士の一人。戦を前にして、この場を逃れるなど……」

「今はまだ足手まといだ！」

光秀は強い口調で言った。

熊次郎はビクッとなりながら、それでも光秀の顔から目を離さないようにしていた。

「やがて公方様や我らのために役立ってくれればよい。今は逃れよ」

しばしの沈黙があったが、やがて熊次郎は頭を垂れた。

「明智様、この後には必ず！」

熊次郎と喜六は何度も頭を下げ、光秀の前から立ち去った。

二人の姿が消えたとき、どこで様子を見ていたのか、貞良が近づいてきた。

「ずいぶんと優しいではないか」

「見ていたのか」

「あの若い侍が切腹すれば、士気も高まったものだが、残念だな」

「人の死で士気を上げるなどと……」

貞良は、いつものように呵々と笑いながら言った。

「わしも武士の端《はし》くれ。狂っておるということだな」

「狂っている？」

「武士はな、生まれたときから狂うよう育てられるのよ。こういう言葉がある」

そう言って貞良は、源平の争いの頃からあるという、武士にとっての矜恃《きょうじ》たる言葉を述べた。


『命を惜しむな、名を惜しめ』


「なんだ、それは？」

「要するに、恥ずかしい死に方をするなということだ。常日頃から〝死〟について考えろと言われ育つ。〝死〟は身近すぎるほど身近なものだ」

「くだらぬ」

「十兵衛、おまえももう武士なのだぞ。そこに美を感じねばならぬのだがな」

「もう一度言う。くだらぬ」

「だが、今は彼らのその狂気こそが役に立つ。美しく死ぬよう奮戦して、時を稼いでもらわねばならぬ！」

ふと思い出して、光秀は貞良に言った。

「聞きたいことがある。先ほどの子供、伊勢と名乗っていたが……」

「ああ、わしの息子だな」

表情をいっさい変えずに答える貞良に、光秀は驚くしかなかった。

「やはり！　いいのか、会わずに？」

「捨てた子よ。未練はないわ」

「…………」

「もはや武士とは言えなくとも、わしも狂っておるのかもしれぬな」

ふたたび貞良は呵々と笑った。

3

この当時の本國寺は四方を通りに囲まれ、南北に五町半（※およそ六百メートル）、東西に二町（※およそ二百二十メートル）あり、寺の正門に当たる仁王門《におうもん》は西にあった。寺の伽藍の配置は、本尊を祀《まつ》る本堂がほぼ中央にあり、僧侶たちの宿坊や修行の場である講堂、さらには書院が北に置かれ、南に仏塔や鐘楼が建てられていた。北と東と南は長い土塀で仕切られ、門はほぼ西に集中していた。

光秀も出席し、軍議が開かれると、防備については、主力は西にある門を固めることとなった。本陣は本堂に置かれたが、将軍義昭は本人の意向で、住処《すみか》となっている書院から動かないことになった。

軍議を終えた光秀は貞良のもとに向かった。軍議の間は必死で隠していたが、貞良の前に現れた光秀の顔にある感情は不安だけであった。

「本当に勝てるであろうか。いや、弾正忠様が来るまで保《も》つであろうか」

「最善を尽くすのみだな。覚悟を決めろ」

それにしても、と貞良は言った。

「なかなか鎧が似合っておるではないか」

光秀は貞良が用意した鎧を身にまとっていた。当世具足と呼ばれる最新の鎧で、一端《いっぱし》の将に見える。

「よせ。俺は昔は死体からこれを剝いで売り、糊口《ここう》を凌《しの》いでいたのだ」

「それならば剝がされぬよう気をつけることだな」

「うるさい」

光秀は軍議の内容を貞良に説明した。

「公方様は奥から出てこられぬので、代理として細川右馬頭《うまのかみ》殿が大将を務めることになった」

「あの老人がか」

細川右馬頭藤賢《ふじかた》は、室町幕府最後の管領である細川右京大夫《うきょうだいぶ》氏綱《うじつな》の弟で、第十三代将軍足利義輝に仕えた。永禄の変で義輝が三好党に殺されると降伏したが、義昭の入京を聞き、駆けつけていた。この年、齢《よわい》五十を越え、当時としては老人と揶揄《やゆ》されても仕方がなかった。

「兵部大輔殿（細川藤孝）がおれば心強かったが、生憎洛外《あいにくらくがい》におる。今、手勢を連れてこちらに向かってくれているはずだが」

「十兵衛、おまえはどうなった？」

「弓隊を率いて北の警戒に当たることになった」

「塀を乗り越えてくるやつに射掛ければいいわけか。おまえの鉄砲も役に立つな」

「そのことだが、実際にどうすればよい？　軍勢など指揮したことがない」

「なに、敵の姿が見えたら放てと言っているだけでよい。敵も西に重きをおくだろうからな」

こちらの数が少ないのは敵もよくわかっているため、正面から押し切ろうとするというのだ。

「駆けつけてくる味方には東に来いと伝えたか」

「おう、おぬしの言うとおりに」

「それでよい。牽制《けんせい》になる。東側に回った敵は背後からの攻撃を恐れて受け身になる。寺の攻撃どころではない」

貞良は、ともかくは北、東、南三方の土塀が突破されるのを警戒していた。

「本格的に壁を壊してまで乗り込んでこようとするときは、よほど焦ったときだ。逆に言えば、そこまで保たせることができれば、弾正忠殿が近いということだ。最後の乱戦を乗り切れれば生き残れる」

「楽に生かさせてはもらえないのか」

これからの困難を考えると、光秀は頭が鉛に変わったかと思うほど重く感じられた。

「最後の最後は本堂に籠もることになるやもしれんな」

「それでか。いざというときに公方様を本陣にお連れする役目も授かった」

「公方様をか」

「あの方は今は書院に籠もったまま、いっさい出てきてくれぬ。女も遠ざけ、一人で籠もっておられるそうだ」

「難しい御方だ」

貞良が溜め息をついた。

光秀も、確かに義昭に心の底から忠節を誓っているとは言いがたかったが、細心の注意を払い、敬意をもって接してきたつもりだった。

だがしかし、実は、義昭が未だ覚慶であった頃から今日までずっと、心を開き話してくれたということは、ただの一度もなかった。

それは光秀だけでなく、細川藤孝も含め、すべての幕臣に対してであり、織田信長や朝倉義景などの義昭に拝謁した大名すべてにも言えることだった。

「小姓たちもよく追い出されておるしな。あの御方が心通わせている者などおらぬのであろう。女や稚児もただの性の捌け口にすぎぬ」

光秀はやるせない想いだった。

「いったいなにを考えてらっしゃるのか。今のこの事態はすべてはあの方のためなのだぞ」

「いらつくな」

「しかし……」

「怖いのか、十兵衛」

貞良にぴしゃりと言われ、光秀はなにも言えなくなった。図星だった。

「怖い。怖くてたまらぬ。成り行き上、巻き込まれたことはあるが、戦は今まではずっと見るものであった。そこで自分が兵を指揮することになろうとは……」

「やはり本質は武士ではないな、十兵衛。武士は戦場に出ることをなによりも楽しみとして成長する。初陣の高揚感たるや、至上の喜びだ。そして、その後も戦いのたびに心の興奮が訪れるものなのだ」

「だからなんだ。俺は所詮《しょせん》、武士ではない。武士に必死で化けているだけだ。それを今さら言われても……」

「気取られるなよ、十兵衛」

「う……」

「前にも言ったとおり、もはやおまえは名門土岐氏より出た生粋の武士、明智光秀なのだ。その正体がばれてはならない」

気が重い。重すぎる――光秀の心はずっとその重さに耐えるしかなかった。


敵兵が現れたのは、夜明けよりもさらに時間が過ぎ、陽も高く上がった頃だった。

本國寺までの行軍に思った以上に時間がかかったらしい。

「敵は精鋭ではないな。移動すらままならんとは、烏合《うごう》の衆か」

貞良のつぶやきに光秀はうなずいた。

「なるほど、こういうことで判断するのか」

「戦も身で何度も味わわねばわからぬものよ。それにしても、四国からの精鋭はまだ上陸していないということだな。これはこちらにも勝機が見えてきた。未熟な兵では夜討ちはできまい。日没まで粘《ねば》れば、今日は休めるぞ」

「それを弾正忠様の援軍が来るまで繰り返すのか」

「そういうことだ」

貞良が薄く笑った。


寺の西にある仁王門でいきなり戦いは始まった。

門は、貞良の入れ知恵を光秀が献策し、最初から開いておいた。そうすることで、敵兵はそこ目掛けて殺到する。正門を受け持つ武士たちには負担が重くなるが、逆に言えばそこに戦力を集中できる。なまじ、門を閉じて守ろうとすると、あちこち壁を破ろうとする敵に対して兵力を分散させねばならず、数が少ない幕府織田方にとって、かえって不利であった。

そのため、門での戦いは最初から激戦になった。

鎧武者同士が槍を手に大いに火花を散らす。槍衾《やりぶすま》を作ろうとする雑兵には至近距離から弓が放たれる。馬は戦場の狭さに乗り入れることができず、騎馬武者は皆、徒《かち》武者となった。

乱戦の中で多くの武士が命を落とした。

寺の北を担当する光秀たちの部隊は、乱戦とは距離を置き、土塀を乗り越え侵入しようとする者に注意を払っていた。

「塀に耳をつけて音を聞くのがよろしかろう！」

兵士たちの手前、貞良は丁寧にそう言うと、頭巾のまま、近くの土塀に耳を押しつけた。

光秀も慌てて兜をとり、土塀に耳をつけようとするが、貞良に止められた。将がすることではない、と。

「塀を叩く音がする。近くで敵がなにかしている。おそらく塀を乗り越えようとしているのだ。弓兵たちを構えさせい」

光秀は兵士たちのほうに向き直ると、小さい声で言った。

「構え」

兵士たちは弓に矢をつがえ、大きく弦《つる》を引いた。

光秀自身も銃に弾と火薬を込めた。火縄を付け、火蓋《ひぶた》を開ける。これぞまさに火蓋を切ったのである。

数人敵兵の頭が壁の向こうから見えたかと思うと、一気に乗り越えようと飛び出てきた。梯子《はしご》を使っての行動だった。

緊張で、光秀は顔がカッと熱くなる感覚を味わっていた。カラカラに渇いた喉から声を絞り出す。

「放て！」

光秀の号令により矢が飛ぶ。

頭を出した敵兵たちは次々と矢の的となり、転げ落ちた。

光秀の銃も放たれていた。当たったかどうかはわからない。だが、その発射音は塀の向こうの者たちをおびえさせるのに十分だった。

しばらくすると壁の向こうから「下がれ」と声が聞こえ、敵兵たちの動きは途絶えた。

それでも光秀はその場を動かず、ずっと塀をにらんでいた。

貞良が光秀の耳元で言った。

「敵はとりあえずはあきらめたようだぞ。まあ、いたちごっこの始まりにすぎぬがな」

光秀は銃を構えたまま動かなかった。息が荒く、頭に上った血がなかなか下がらなかった。そのまま声を絞り出して言った。

「相手に死者が出たのか」

「まだそんなことを気にする余裕があるのか」

「余裕ではない。こんなふうに意思を持って人を殺そうとしたことはないのだ」

「これから何度もそうしなければならんさ。さあ、警戒を続けるぞ」

「おう……」

ようやく光秀は力を抜いた。たった一発撃っただけなのに、信じられないくらいの疲労が溜まっていた。

手も震えている。

その震えを見て、貞良があきれたように言った。

「まったく……おぬしの場合、まず武士に慣れねばな」

貞良は兵士たちにその場で警戒するように言うと、光秀を連れて歩き出した。

「おい、大将が持ち場を離れるなど」

「先ほどの様子を見れば大丈夫だ。戦いは西に集中している。ともかく、その見物といこう」

少し歩くと、声が聞こえるほどの距離での凄《すさ》まじい激戦が目に入ってきた。

響き渡る喚声奇声の中、鎧武者同士が取っ組み合いの戦いをしている。すでに槍は失われ、お互いに手にしているのは短刀であった。

そのうちに、膂力に優れた味方の武者が、敵を組み伏した。

「！」

鎧の隙間にあっけないほど簡単に短刀が吸い込まれた。

離れた場所から呆然とその様子を光秀は見ていた。

貞良が冷静な声で言う。

「何度も戦に出るうちに、人を殺すことこそが職となっていく。躊躇もなにもなく、嬉々《きき》として人を殺す。あの一見隙のなさそうな鎧のどこが弱いか、人はどこに刀を刺せば一撃で死ぬか、皆わかるようになる」

「…………」

「それが武士だ」

このとき、光秀が感じたのは恐怖だった。先ほどのような、人を殺したときに感じた恐怖ではない。そのような者に変貌してしまう、武士という身分、いや職業への恐怖だった。

武者は突き殺した敵の首を短刀で素早く切り落とした。そのまま両手で首を持ち、逆さまにして、あふれる血に口をつける。

(完全に狂ってやがる。なんなんだ、これは……)

光秀は胸までできた吐き気を必死にこらえていた。

口に含んだ血を武者は一気に噴き出した。血は霧となって、周囲の者たちをも朱に染めていく。

「これぞ勇者どもへの気つけぞ！　さあ、かかれ、かかれ！　身をさらに朱に染めよ！」

赤く染まった者たちから興奮状態が伝播し、武者たちの突撃が始まった。

異様な光景に、敵の武者はともかく、雑兵たちはおののき下がっていく。

明らかに味方が圧《お》していた。

ふたたび貞良が続ける。

「彼奴《きゃっ》ら、死地を求めているといえば格好はいいが、要するに見栄と意地が邪魔して、死を避けられなくなっておるだけよ」

「そうなのか」

「永禄の変の折、実は足利義輝公は逃げて再起を図ろうとされておったそうだ。しかし、周囲がそれを遮った」

「なぜだ？」

「奉公衆にしてみれば、義輝公の命よりも、自分が仕える将軍の権威のほうが大切だったわけだ。逃げて権威を失墜させるようなことはせず、自分たちと共に死んでほしいとな」

「馬鹿なのか、そいつらは!?」

顔も知らぬ武士たちに、光秀は怒りすら覚えていた。

「それが武士という生き物よ。だからよ、十兵衛、そんなやつらを差配する者は大変だということよ。放っておけば、すぐに死を選ぶぞ、やつら」

「…………」

「おまえは配下の武士たちをうまく差配し、弾正忠が来るまで保たせせんとな」

「難しそうだ……」

そのとき、また一人鎧武者が全身から血を噴き出させ、倒れた。

光秀は顔をしかめた。

「気分よいものではない……」

「何度も言うが、慣れろ。武士であれば平気なものだぞ」

(夢などなければ、武士になぞなりたくないとはっきり言える……)

暗鬱《あんうつ》な気持ちが晴れることはなかった。

そんなとき、伝令が光秀のもとに訪れる。

「明智十兵衛殿、公方様を至急本陣にお連れするようお願い申し上げます」

「公方様を」

「意外に早いな」

光秀は北の奥の書院に向かうことになった。

4

義昭を本陣へ呼ばねばならなくなったのは、やはり数のせいだと言ってよい。

西での激戦は優勢ではあったが、相手が数に頼って交代ができるのに対し、味方は同じ人間たちがずっと戦い続けなければならなかった。さすがの命知らずの鎧武者たちも、疲労に負けて、討ち取られる者も多くなっていた。

「書院におられる公方様を本陣に！　今は公方様の姿を皆に見せることが肝要！　それによって士気はより高まる」

指揮官たちがそう考えたのも無理はなかった。

光秀が奥の書院に着くと、その前に義昭の小姓たちが立ちはだかった。

「わしの役目を聞いてはおらぬのか」

「聞いております。明智十兵衛様が本陣からの使者であることは」

「では、至急公方様にお取り次ぎを。本陣へ参られたしと」

だが、小姓は首を振った。

「公方様はだれにも会いたくないと」

「……！」

光秀は呆然となった。

（こんなときにそんなわがままが通るとでも!?　だれを守って皆が戦っていると思っておるのだ！）

「どけ！」

「なりませぬ！」

「おまえたちもわかっておるだろう！　このままでは負けるぞ！」

「しかし、我らは公方様のお言葉を……」

「黙れ！」

光秀は銃を取り出し、小姓たちに向けた。まだ年若く、奉公に上がって間もない小姓たちは青くなる。

「危急の時である！　まかり通る！」

無理矢理、小姓たちを押しのけ、書院に入った光秀だが、その瞬間言葉を失った。

義昭は、寝巻の上に夜着をかぶり、布団の上に座り込んでいた。

義昭が入ってきた光秀に視線を移す。その顔は憔悴《しょうすい》し、今にも泣き崩れそうな表情になっていた。

「……」

あまりの様子に、声をかけるのも憚られたが、事態がそれを許さなかった。

「公方様、御出馬の準備を。お味方、苦戦しておりますれば、公方様の御力にすがるほかございません。公方様がお姿を見せれば、士気は高まり、一層の奉公に励むというもの。さあ、お早く！」

だが、義昭は動かなかった。光秀の言葉にも反応しない。

「公方様！」

慣例を破り、光秀は義昭に詰め寄った。義昭はおびえた目をしていた。

「十兵衛……」

義昭はうめくように言った。

「死にとうないのだ」

「!?」

義昭の身体は震えていた。

「死にとうない」

今まで隠していた生の気持ちを感じさせる言葉だった。

これがきっかけとなって、義昭は堰《せき》を切ったように己の想いを喋《しゃべ》り出した。

「もはや将軍職などいらぬ。いや、もともとそんなものには就きたくなどなかった。わしは将軍になりたいなどと一度も言ったことはない。そもそもわしは将軍になるような人間ではなかった。足利家に生まれたとはいえ、兄上がいたため、五歳で仏門に入ったのだぞ。武士の棟梁《とうりょう》どころか、武士としての心得などなにも習っておらぬ。なにも知らぬ」

光秀は義昭の感情の爆発に圧倒されていた。

義昭の暴発は止まらない。

「わしは幼くして武士を捨てたのだ。その後は寺においてひたすら御仏について学んだ。厳しくもあったが、仏に仕える自分は、頼もしくもあり、楽しくすらあった」

だが、と義昭は言う。

「兄上の死がすべてを台無しにした。弟も殺され、わしも命を狙われ、寺から引き出された。十兵衛よ、あのときわしの命を救ってくれたことは感謝している。けれど、俗世に引き出されたことは恨みでしかない」

光秀は、義昭がこれほど感情豊かであったことに驚いていた。光秀が知っていた義昭は、挨拶《あいさつ》しても薄い反応しかなく、女子や稚児を寝所に毎日のように引き入れ、山海の珍味を食す、俗にまみれたような男であった。しかし、それはすべて義昭の逃避の行いであったのだ。

「将軍任官のためにたらい回しにされた日々のなんとやるせないことか。自暴自棄となり、堕落した日々を送ろうと思った。が、女を抱こうが男を抱こうが食に逃げようが、心が晴れることはなかった。あの静寂なときには戻れぬのだ」

「公方様……」

「今またおまえはわしに武士の棟梁をやれという。武士に慣れぬわしに武士どもに見本をみせろという。無理に決まっておる。わしは武士が嫌いだ！　人を殺すために生きている者の長などになりとうなかった！」

義昭は憎しみの目を光秀に向けた。

光秀はなんとも後ろめたい気持ちに支配されていた。

(この人は俺と同じだ。武士に合わぬ人なのだ。俺は自分が嫌なことをこの人に強要しにきたのだ)

そして光秀はふと疑問に思うことがあった。

「公方様、なぜそれを手前におっしゃられたのですか。今までずっと隠されていた己の心を」

「十兵衛……そなたはなにかわしと同じものを感じるのだ。他の武士とは違う、どこか同じ匂《にお》いを」

「!?」

義昭は、武士という集団の中に、本能的に自分と同じ違和感を醸し出した存在を見つけたのであろう。光秀ならわかってくれるのではないか、と吐露したのだろう。

「十兵衛よ、わしを逃がしてくれ。そうなればわしは山奥にでも入り、二度と俗世には現れぬ。清らかな世界でひたすら御仏のことを考え、そのうえでなら死にたい。頼む、十兵衛！　頼む！」

「…………」

光秀の心は揺らいでいた。自分に本心を吐露した義昭の気持ちが痛いほどわかった。自分もまた武士に慣れず、四苦八苦している日々なのだ。

けれど、義昭の申し出を受けるわけにはいかなかった。それは自分の夢と身の破滅となる。

『大義のために悪人たれ』


貞良の声が心の中に響いた。

(公方様は本心を話された。真実を。しかし、俺は嘘をやめるわけにはいかぬ！　いかぬのだ！　目の前の善人を利用し犠牲にする、悪人でなければならぬ！)

光秀は必死に自分を御し、平伏《ひれふ》して言った。

「なにをおっしゃられているのです、公方様！　ただ今、手前はいっさいなにも聞いておりませぬ。なにも知りません。さあ、御成《おなり》の準備を！　公方様のために命を賭けて戦っている武士たちのために！」

「十兵衛ぇぇぇっ！」

義昭は叫んだ。血を吐くような、絞り出した声だった。

「わしはおまえを憎む！　わしをこのような目に堕としたやつらを！　あの織田弾正忠もだ！」

義昭は外にいる小姓に大声で言った。

「わしの具足を持て！」

光秀はただただ頭を下げ続けるしかなかった。不思議か、当然か、光秀の頬《ほお》を涙が流れていた。

5

本堂に義昭が現れたことで、守備隊の士気はふたたび高まった。

「公方様、いざ我が死に様を御覧あれ！」

槍を振るいながら鎧武者が敵勢の中に突入していく。

矢が刺さろうが、刃に貫かれようが、興奮した武者たちの突進は止まらない。相手は気圧されたように後退していく。

義昭のそばに控《ひか》えながら、その様子を光秀は貞良とともに見ていた。

「さすがは腐っても武家の棟梁。侍たちの戦いっぷりが違う。公方様を連れてこられたは、十兵衛、なかなかの手柄ぞ」

「…………」

義昭の心の内を知っている光秀は、なにも応えなかった。


日が沈み、敵の攻撃は止んだ。練度が低く、戦場が狭い中で夜討ちをやれば、同士討ちで被害が大きくなると判断したのだ。さらに守備隊は奮戦したとはいえ、もう数日戦えば数の多い三好党が勝つのは明白であった。

幕府織田方も京近辺の味方が集まってきているとはいえ、まだまだ敵勢を上回るには足りなかった。

やはり勝負は、信長が軍勢を率いて戻ってくるまでに本國寺が落ちるか落ちないかということになりそうだった。

「明日も長い一日となる……」

光秀は疲れた顔で唇《くちびる》を嚙みしめた。


ところがである。

翌朝になると本國寺周辺の敵勢はいなくなっていた。未明にかけて、大慌てで撤退していったらしい。

その理由はすぐにわかった。

信長の軍勢の一部が、すでに大津まで進出したとのことだった。今日の攻防にもたつけば、織田勢の強烈な一撃を腹背に受け壊滅する——そう敵は判断したのだ。

「信じられん、なぜだ？　なぜそんなにも早く軍勢を移動できた？」

貞良ですら驚きを表した。

実を言えば、それは、草津や大津を支配下においたことが関係していた。それにより琵琶湖の舟運を自由に使い、軍勢に琵琶湖を横断させたのだ。陸上を歩かせるよりも船のほうが時間を短くできる。

さすがの貞良もそこまでは予測できなかった。

木曾川、長良川の舟運、さらには伊勢湾の舟運に長けた織田家だからこそ、思いついた技と言ってよい。

手立てを知って、貞良はうなった。

「もしかしたら、弾正忠は最初からこれを狙っていたのかもしれんな」

「どういうことだ？」

「今回の一戦は単に公方様の命を守ったというだけではない。美濃に帰った織田の隙をつこうとも、すぐに対処できるぞ、と対立する諸侯に知らしめる狙いがあったのだ」

一戦の勝ち負け以上のものを信長は狙い、手に入れた。これで簡単に京に攻め込むことができなくなった。

「弾正忠は京の支配をより強いものにしたと言っていい。そのために公方様をこの防備の弱い本國寺に入れたのだとしたら……」

「そこまで考えていたと？」

「恐ろしい男だ、織田弾正忠信長……」

貞良は嘆息した。

「十兵衛よ、もしかしたら、おぬしの夢の最大の壁となるのは、弾正忠やもしれぬな」

「弾正忠様が……」

「やつの配下でいて、やつを出し抜くことなど果たしてできるのか？」

貞良はそれっきり黙り込んだ。

光秀も夢への遠さを感じていた。しかし、それは貞良とは違う想いだった。

(武士であるということが、俺にとってなにか違うような気もする)

武士として戦ってみて、初めて感じたことだった。武士にも戦いにも、どうにもなじめなかった。

(公方様も決して本心を言うことはできなかった。言えば、己の権威を、武士としての面目を失う。この武士という世界に入れられた者はひたすらそれを守らねばならぬのだ)

今になってその重さが光秀には実感できた。

(哀《かな》しいかな、もはや武士をやめるという選択肢はない。この〝嘘〟とともに俺は生きねばならぬ)

それが大いなる苦痛であることを初めて知った戦いであった。

第四章『金崎《かねがさき》』

1

光秀は、織田弾正忠信長から美濃におよそ九千貫、将軍となった足利義昭から山城国《やましろのくに》に三千貫の土地をもらい、小なりとはいえ領主と呼ばれる身分になっていた。

後の太閤《たいこう》検地以降の石高が土地の生産高を米の量に換算して表したのとは違い、貫高はその土地から徴収できる年貢の量を銭で表したもので、石高に換算するには地域によって大きな差があったが、美濃尾張や山城国のある畿内はだいたい三倍から四倍すると石高となり、そう考えると光秀の合計一万二千貫は、石高にして四万石前後となる。元が地下人であった者としては、凄まじい出世と言わざるを得ない。

この規模だと、戦においては千人ほどの兵を拠出しなければならなかった。

「千人の将か」

貞良はどこか揶揄するような口ぶりで言った。

貞良と光秀は京の光秀の役宅の濡れ縁に座り、酒を呑《の》んでいる。二人を照らす光は、皿の上の菜種油の炎と、天空の星だけだ。月は出ていない。

光秀はその揶揄を聞く前から不機嫌な表情をしている。

「十兵衛、そう憂鬱《ゆううつ》な顔をするな」

「…………」

光秀は答えない。

「本國寺の戦いで侍のことがいやになったか」

そう言われて、光秀はようやく貞良のほうを見た。

「嘘が重くなったか」

「そんなことはない」

答えるが、その声に力はない。

「覚悟に変わりはないか」

「変わりはない」

今度は幾分力がこもっていた。しかし、表情は晴れない。

「だが……」

そこからしばし沈黙の時間となる。菜種油の炎がわずかな空気の流れに揺れている。

「俺に軍勢の差配などできるわけがない。千人の将がなんだというのだ」

ようやく出た光秀の声は力のあるものだったが、その力は自らを虐げる方向に作用していた。

貞良が露骨に苦笑いをして言う。

「戦ができぬ武士など聞いたことがない。戦にはいやでも関わらねばならぬのだ」

「けれど俺に戦の才などない。さすがにそのくらいのことはわかる」

「手柄を立てねば、さらなる出世は望めぬぞ。出世せねば、おぬしの夢はどんどん遠のいていくばかりぞ」

「……俺は本当に武士をやっていけるのか」

光秀は溜め息交じりに正直に言った。

「本國寺の戦いでわかった。生まれながらの武士たちは凄まじい。命を落とすことなどまるで平気のように見える。酒に酔っているとか、興奮しているとか、勢いとか、そんなものなどなにも関係ない。素面《しらふ》のまま、すぐに命を捨てられるのだ。俺には気が狂っているとしか思えないことをやつらは簡単にやることができるのだ」

「わしも生まれつきの武士の一人だが、そんなことはせぬぞ。なんせ父親が死んだ戦場から逃げ出した男なのでな」

貞良が慰めともからかいともわからぬ言葉を発するが、光秀の心にはなにも引っかからなかった。

「俺は……明智光秀をずっとやっていけるのか」

光秀からは弱気な声が続く。

貞良は真面目《まじめ》な顔になって言った。

「やっていけるかどうかではない。やるしかないのだ、十兵衛よ」

「………」

「この嘘からは後戻りできぬのだ。すべてを捨てる以外はな」

「わかっておる……」

貞良の言葉を聞く光秀の顔は険しくなるばかりだった。

が、いきなり貞良は笑い出した。

「なにがおかしい」

光秀はムッとしたように貞良を見た。

貞良は笑みを消さずに子供に語りかけるような口調で言った。

「おぬしが何度も同じところをぐるぐると回っておるのを見て、自然と笑いがこぼれたまでよ」

「同じところ……」

「武士であらねばならぬのは、もはや決まったことなのだ。悩むだけ無駄だ。なにしろ、おまえはやめる気がない」

「どういう意味だ」

「ぐだぐだ言っておるが、現状は満更でもなく思っておらぬか。素直に喜びがあるであろう」

問いかけに、光秀はとっさに答えられなかった。心の奥底を見透かされたような、気恥ずかしい気持ちが先立ったのだ。

「よいか、おまえは自分が将になったことを喜んでおるのか、悔《く》いておるのか？」

「いや、将に、というより、土地をもらったことはうれしい。その結果の将であるが、喜びがないわけではない」

「そうであろう。ならば、そこは素直に喜んでよい。そんなところは自ら律する必要はないのだ。それよりも重きことは、何度も言うが、おぬしの夢のためにはこんなところで留まっておるわけにはいかぬということだ」

光秀の夢、それは『上下無き世を作ること』――貞良はそのためにはもっと上の身分にいかねばならないと言っていた。

「おぬしは将の将たらねばならぬ」

「将の将？」

「かつて唐土において漢の劉邦《りゅうほう》が国を興したとき、劉邦自身にさしたる才はなかった。ただ人をその気にさせる人たらしの才のみがあった。その才を駆使し、劉邦は将の将となり、苦手な戦などは配下の将にやらせ、見事唐土をその手につかんだのだ」

漢を建国した高祖劉邦のもとには張良《ちょうりょう》、蕭何《しょうか》、韓信《かんしん》、彭越《ほうえつ》、陳平《ちんぺい》など天才鬼才異才な人物が集まり、彼らの手助けによって劉邦は中国を統一した。この時代、ある程度の教育を受けていれば漢籍にも詳しく、このくらいは当然の知識であった。

「上下無き世を作るためには、漢の劉邦ぐらいのことはせねばならず、そのためには人材を集め使いこなすことが肝要だ。悩んでおる暇があったら、人から信を得られるよう努力せよ。出自のよい侍であるという〝嘘〟もそのためなのだからな」

「…………」

「人は身分に弱く、貴種に弱い。おぬしのような変わり者もいるが、ほとんどはそうだ。土岐氏の末裔という〝嘘〟はおぬしに人を集める」

心苦しくあったが、それしかすがるものがないことは光秀自身が一番よくわかっていた。

「嘘にすがる人生か……」

その言葉を聞き、貞良は言った。

「どうした十兵衛よ、夢への活力はもう残っておらんのか」

光秀は反発するように、そして自分にもう一度しっかりと言い聞かせるように、ひときわ大きく、ひときわ強く声を出した。

「そんなことはない！　そのために似合わぬ武家としての生き方も選んだのだ。すべては果てしなく遠くにある理想のためにだ！」

菜種油の炎が大きく揺れる。光秀のその強い呼気があたりの空気をも動かしたのか。

だが、その気は貞良の感情はまったく揺らしていないようだった。

「果たしてそうかな」

「なんだと」

「いろいろとしがらみもできていよう。そのすべてを犠牲にできるのか」

できる、と光秀はすぐには答えを返せなかった。

その躊躇を見て、貞良は杯の酒を一気に呑み干した。なにか急にせり上がってきたものを腹の中に押し戻すように。

貞良は自分で杯に酒をつぎ、落ち着いた静かな口調で言った。

「おぬしにはどこまでも一途《いちず》に理想を追い求める戦人《いくさびと》であってもらいたいのだ」

貞良は光秀のほうに向き直った。皿の菜種油の炎が貞良の瞳に映っている。その光景がかえって光秀を鼻白ませた。

「ずいぶんと青いことを言うのだな」

「青いか？　わしはおぬしの理想に心惹《ひ》かれ、共に歩もうと思ったのだぞ。知らぬわけでもあるまい」

貞良の表情は変わらない。波の消えた湖面のような、そんな表現がしっくりと来る雰囲気で顔を覆っていた。

それを見たとき、光秀の脳裏にあぶり出されてくるものがあった。

一つの疑問。

前は混沌としていて固まっていなかったその想いが、ようやく口から出せるほどの形をとろうとしていた。

「共に歩むと言ったが」

光秀はこれに関しては躊躇なく一気に言った。

「なぜ俺を選んだ？」

真剣な目を貞良に向ける。

貞良は波の消えた湖面の表情のままであった。

「選んだ、とは？」

「理想に心惹かれたと言ったが、それだけではあるまい。なぜ一介の地下人である俺をここまで立てた？　俺はおまえの考えどおりに動いた結果、ここまで出世した。己の力などではないことは俺が一番よく知っている。俺を押し上げたのはおまえだ。おまえの力だ」

興奮気味の光秀の言葉に、貞良はようやく新たな表情を浮かべた。出たのは笑みであった。

「はっきり言えば、そう、気まぐれとしか言えぬ。おぬしと出会い、世捨て人だったわしの心も熱くなった。それ以外にないのだ」

自分を捉《とら》え続けている光秀の視線に、貞良は逃げることなく身をさらし、濁りのない意志を湛《たた》えた瞳で返した。

「おぬしは自ら進んで動くことを厭わず、人の気持ちを熱くする。わしがおぬしを認めた理由としては、これだけで十分ではないか。それとも神仏のお告げがあったとでも言えば納得するのか」

そう言うと、貞良は杯を呑み干し、ふうと満足げな息をもらした。その様子は、これ以上は聞いてもなにも出ぬと言っているかのようだった。

光秀も貞良を見るのをやめ、杯をあおった。

「十兵衛よ、もう一度聞くぞ。すべてのしがらみを断ち、理想に向かって邁進《まいしん》できるか？」

「できる」

今度は光秀は即答した。するしかない、とすら言った。

「あらゆるものを犠牲にすることも厭わぬな？　すべては理想のための道具ぞ」

「おう」

強くうなずく。

どこからか今までにない風が吹いて、菜種油の火を大きく揺らした。

火は消えることはなかった。

2

光秀は都の役宅に妻子を呼び寄せていた。

「熙子、飄光は帰ったぞ」

光秀は奥に入ると、赤子をあやしていた妻に貞良の明智家中での名を出して言った。飄光の正体については妻にも内緒であり、明智家中で知っている者はいなかった。

「その名はやめてくださいませ。私のことは〝茅《かや》〟と呼んでくださいと言ったではありませんか」

妻の熙子は穏やかな顔でそう言った。一見すれば、たおやかで、儚《はかな》さすら感じさせる熙子だが、光秀の子を何人も産んでいる根の強さもあった。

子のうちの一人は後に細川家に嫁《とつ》ぐ玉《たま》であり、今あやしている赤子は光秀にとって初めての男子で、十五郎《じゅうごろう》といった。

「そうだったな、茅」

「本当の名を知られ、だれかに呪詛されてはかないませぬ」

この国では古くから本当の名を他人に知られてはいけないという風習が存在する。特に高貴な身分の者たちの間ではそれが固く守られていた。公家の生まれである熙子もそのことをしっかりと守り、他人に知られると呪《のろ》いに使われると恐れていた。

それでも、これまでは特に呼び名などは決めていなかった熙子だったが、男子が生まれてからは急に「茅」という名を使うようになった。自分が呪詛され、せっかくの嫡男にまで危害が及んだらたまらない、というのが理由だと光秀には語っていた。

「それにしても、なぜ〝茅〟なのだ？」

「殿様が業平様だからです。私はあの日、薄《すすき》生い茂る中さらわれて……」

どうにも浮世離れした性格は子を何人も産んでも直っていない。自分が光秀にさらわれたことを『伊勢物語』になぞらえ、在原業平にさらわれた姫だと未だに夢想しているようだった。『伊勢物語』の中で、「昔男ありけり」の男（在原業平）がさらった姫を抱《かか》え、薄野を逃げる場面であるが、光秀の記憶では現実にはあのとき周囲に薄はなかったはずであった。しかし、熙子の中では薄はあったことになっている。茅とはすなわち薄のことである。

この日、光秀は饒舌であった。普段は熙子とそう話し込むこともない。貞良との話が光秀の心に微妙に作用しているようだった。

「茅、京にいるが、実家に帰りたい気持ちはないのか」

光秀としては常々気になっていたことだった。熙子の生まれた公家の家はこの京にあるのだ。が、熙子は拍子抜《ひょうしぬ》けするほどあっけらかんと、笑みさえ浮かべて答えた。

「帰りたい気持ちなど毛頭ありません」

そのまったくよどみない口ぶりに、光秀は驚いたように熙子の顔をのぞき込む。

熙子は微笑んだまま言った。

「私を捨てた家ですから」

言葉を発する前と変わらぬ微笑みなのに、見ている光秀には、それは強烈な怒りの象徴に変わっていた。

「……そうか」

光秀はそれだけ言うのがやっとだった。

静寂が訪れる。熙子の赤子をあやす声は聞こえている。が、その静寂とは、今まで気づかなかった熙子の感情が抑えられ、隠されているからこそ存在するものだとこのときわかった。

浮世離れした熙子と、現実を知り尽くした熙子。どちらも本当の熙子であり、その事実を光秀は今まで見ようとしなかっただけなのだ。

重苦しい気持ちを緩和しようとしたのか、光秀は感情を落ち着かせ、ゆっくりした口調で言った。

「幸せか、茅？」

「今の私は幸せでございます。たとえ殿様の道具でありましても」

「！」

熙子はそれ以上なにも言わず赤子をあやしている。

光秀の動揺は風に揺れる柳の枝のごとく、言わなくてもいい言葉が、口から出ていた。

「聞いていたのか？」

熙子が返事することはなかった。

3

織田弾正忠信長の目は越前に向いている。

京を保持し、畿内を勢力圏においた信長にとって、次の目標は京の北方にある越前の朝倉氏だった。

その朝倉氏は長く北近江の浅井《あざい》氏と同盟を結んでいたが、信長は浅井家当主の備前守長政《びぜんのかみながまさ》に妹である市《いち》を嫁し、自らの陣営に引き込んでいた。

信長は朝倉氏に「上洛」という名目での臣従を求めたが、拒否される。これを口実に朝倉攻めが決定され、織田軍三万が京から出陣した。

元亀《げんき》元年（一五七〇年）四月二十六日には越前敦賀《つるが》郡に達し、さほどの抵抗も受けず、要衝の金崎城を開城させていた。

この遠征に光秀は初めて千人の兵を率いて一軍の将として参戦していた。

その眺めはある意味壮観で、戦が苦手と自覚していた光秀の心をも満たすものであったが、自身でこれだけの兵を率いるのは無論経験もなく、陣では飄光と名乗っていた貞良ら側衆がその運営を担っていた。

光秀に求められたのは大将としての振る舞いで、きらびやかな鎧を身にまとい、駿馬《しゅんめ》の鞍《くら》の上で堂々とした姿を周囲に見せつけることだった。

(どうにも合わぬな)

行軍途中の休息時に馬から下りたとき、光秀はようやく落ち着くことができた。

(領主とか、大将とか、やはり煩わしさのほうが先に来るな。地面に足がついていないと、かほどに不安になるとは)

光秀は張られた陣幕の中にはいかず、近習を連れて兵たちの様子を見て回った。

功名を狙う国人侍、銭目当ての傭兵《ようへい》、無駄飯食いで出された農家の次男三男。千人の兵たちは多種多様な背景を持っていた。

(なにも考えずに生きていたら、俺もこっち側だったろうな)

慇懃《いんぎん》に頭を下げる兵たちの間を通り抜けていると、一人の若い兵士の姿が目にとまる。粗末な鎧に、槍を手に木にもたれかかっているが身体が小刻みに揺れている。目は閉じられ、槍を持つ手からも力が抜け、うつらうつらと半《なか》ば寝かかっているのだ。

(急ぎここまで来たからな。居眠りも無理からぬこと)

朝倉方の抵抗のなさは、先方衆を前へ前へと進め、その結果後陣も急かされることとなっていた。兵士の疲労はその結果であった。

そのときだった。

若い兵士の手がだらんと下がる。ついに本格的な眠りに入り、槍を持つ手からは完全に力が消えたというわけだ。槍はそのまま光秀のほうに倒れかかってくる。

とっさに光秀はその槍を受け止めた。

「無礼者！」

近習の一人が若い兵士につかみかかった。

その衝撃で兵士は目を覚ますが、なにが起こったかまったくわかっていない。ただ自分に向けられた殺気に恐れるよりも戸惑っていた。

やがて自らの手に槍がなく、それを大将である光秀が支え持っている事態に気づいたとき、兵士の顔から血の気が失《う》せていた。

「殿様!?」

その場に平伏し、その様子は地に頭がめり込むのではないかというほどだった。

「お許しを！　お許しを！」

近習たちは怒りに満ちた顔をしていたが、光秀は憐《あわ》れみと一種の滑稽《こっけい》さを感じていた。

(これが上下ある世なのだ)

仕事中、疲れて眠くなり、手にしていたものを離してしまった。それがたまたま上の者にぶつかりそうになった。ただそれだけのことなのに、下の者は自らの命の危機を感じている。そして、上の者たちはこの下の者の命を奪ったとしても当然と思っている。

「よい」

光秀は柔らかな声で言った。

近習たちの動きが止まる中、光秀は兵士に近づき、その場にしゃがみ込んで語りかける。

「名はなんと申す」

兵士は顔を地に伏せたまま必死に声を出した。

「与吉《よきち》と申します」

「与吉、面を上げよ。怒ってなどいない。安心せよ」

与吉の身体から震えが止まり、頭がゆっくりと上がった。顔にはおびえと困惑と安堵が入り交じった表情が浮かんでいた。

その顔を、その目をじっと見ながら、光秀はこれ以上おびえさせないよう注意深く言葉を紡いだ。

「疲れておるだろうが、まだ先は長い。向こうでは戦い、手柄を立ててもらわねばならぬのでな。励んでくれ」

「はい。ありがたや」

一介の兵士に対し、大将である光秀の言葉は、与吉も近習も、発した当人以外、すべてが過分と思うほどのものだった。

感激のあまり、与吉は泣き出していた。

「わしのような下人にもったいのうございます」

「よいよい」

光秀は笑みを浮かべた。

「同じ人間だ。気になどするな」

「違います、違います。殿様のようなお生まれの良い御方に憧れます。わしなど百姓とも言えぬような家に生まれたので」

与吉は気恥ずかしそうに言った。

だが――。

(今のこの姿は嘘の賜物《たまもの》なのだ、与吉よ)

もっと気恥ずかしさを感じたのは、顔色一つ変えず笑顔のままの光秀のほうだった。

(川縁《かわべり》で死んだ侍たちの鎧兜を剝ぎ取って暮らしていた男が、今じゃ殿と呼ばれている身分になった。たった一つの〝嘘〟のおかげで)

気恥ずかしさから逃れるには、この場を去るしかなかった。

光秀は立ち上がった。

その背に向かって、与吉は叫んだ。

「わし、手柄を立てて、殿のお役に立ちまする！」

もはや振り向かず、光秀は言った。

「期待しておるぞ」

「ありがたき幸せ！」

光秀は与吉の元気な声を心苦しく聞いていた。

（本当は俺も一緒なのだ、与吉）

光秀は気後れする自分を感じていた。

そんな光秀の様子を冷ややかな目で見つめている男がいた。

頭巾をかぶった瓢光——貞良であった。


「言っておくが」

本陣に戻った光秀に、貞良は二人きりの場で強い口調で言った。

「雑兵などいくらでも代わりはいる。一人一人に情けをかけていたらきりがない。おぬしの想いもわからぬではないが、先ほどのあの雑兵にはむしろ厳しい態度をとり、我が隊の気を引き締めるべきであった」

「見ていたのか」

「よいか。おぬしは名門土岐氏出身であり、将なのだぞ。威厳《いげん》を保ってもらわねばならぬ」

「将だからこそ、兵を守ってやりたい。そういう気持ちが……」

光秀の言葉をさえぎって、貞良はさらに続けた。

「兵を守って将が死ぬことなどあり得ぬ。将を守って兵が死ぬのだ。将さえいれば必ず盛り返すことができる。兵などいくらでも補える。しかし、将が死ねばそこで終わりだ。なにもかも失う」

光秀はなにも言い返せなかった。正論ではあるが、釈然としない想いが心のどこかにあった。

〝上下無き世〟の賛同者である貞良が兵を物扱いしていることに。

（同じ人間なのに……）

貞良は言葉を止めることはない。

「おぬしはもはや将だ。織田家の侍大将の一人だ。自分のことをもっとわかれ！」

「わかっておる」

「いや、わかっていない！」

「飄光、もうやめろ！」

陣における名で光秀はわざと貞良のことを呼んだ。身分を、立場を強く言う貞良に対しての理解の証《あかし》であり、皮肉であった。

貞良もようやく黙った。

「わかっておる、飄光」

「十兵衛殿」

貞良もわざと慇懃に言った。

「武士たれ、悪人たれ」

「…………」

両者の間に陣幕の布擦《きぬず》れの音だけが響いた。

沈黙を破ったのは近習の声であった。

「御館《おやかた》様より至急の伝令あり」

信長から諸将全員、金崎城に集まるよう伝達があった。

光秀たちの知らないところで、事態は急激に動いていた。

4

急に集められたのだろう、金崎城に作られた信長本陣の中は整然とはほど遠い喧噪に包まれていた。

馬を疾駆《しっく》させ、なんとか駆けつけた光秀と貞良だったが、人の多さに辟易《へきえき》となる。

居並ぶ偉丈夫たちの中に、ひときわ背の低い男の姿が見える。周囲の人間たちとは遠慮がちに少し距離を置き、笑みを浮かべている。美しさからは遠い男だったが、その笑みにはいやらしさはなかった。親しみのある、なんとも気に留まる笑みだった。

光秀はその男を見て言った。

「木下《きのした》殿もおられるな」

木下藤吉郎秀吉《とうきちろうひでよし》であった。

とはいえ、秀吉は光秀にとって見知ったくらいで、親しくはない。

光秀と同じく、信長上洛の際、秀吉は京での奉行衆に選ばれていたが、ほとんど会ったことがなかった。光秀が有職故実の知識を買われて朝廷や幕府との折衝や儀礼を担当したのとは違い、秀吉は町衆との交渉をまかされたからだった。

「これは明智殿」

待っている光秀のもとに諸将がやってきて礼を示す。光秀が持つ「名門土岐氏の血筋」という触れ込みがそれをさせていた。

これとは逆に、秀吉は慇懃に頭を下げるが、諸将はこれを無視して通り過ぎた。彼らの光秀と秀吉に対する態度は、天と地ほどの差があった。

「あの男は自分が地下人であったことを隠そうとしていない。武功も誇るようなものはなにもない。それで皆侮っておるのさ」

横にいた貞良がつぶやくように言った。


軍議が始まった。

信長はあいかわらず透き通った湖面のように、静かで冷たい表情のまま、自ら喋ろうとはしない。

小姓の一人が大音声でその言葉を伝えた。

「浅井備前が寝返った」

それは驚くべき知らせだった。江北（※現在の滋賀県北部）の大名にして、信長の妹である市を娶《めと》っていた浅井備前守長政が裏切り、朝倉方についたというのである。

「御館様のお言葉を伝える」

織田家においては信長の存在は絶対だ。軍議とはいえ、ほとんどの場合、信長の命令をただ聞くのみである。

このときも信長の方針は明快であった。


「退く」


織田方は三万、対して朝倉は二万。浅井の五千を入れても数の上では織田が勝っている。だが、浅井に背後を突かれ包囲されてしまえば突破がなるかどうかは賭けであった。包囲殲滅《せんめつ》される可能性は大いにある。

これより十年前に行った「桶狭間《おけはざま》の戦い」のような小勢《こぜい》によって大軍を破るような賭けを信長は以後採らなかった。後世の人間は信長を革新者とも言うが、革新的であったのは思想であり、実務に関しては極めて堅実だった。現実的な計算が常に根底にあった。

だからこそ、このときもなんの躊躇もなく成果をすべて捨て、撤退を選択している。

「先陣は柴田権六《しばたごんろく》殿、続いては丹羽五郎左《にわごろうざ》殿……」

小姓により、各陣の撤退順が発表されていた。撤退と言っても、数万の軍勢がてんでに逃げればよいというわけではない。秩序立てて退かなければ、心理的な効果も相まって、軍勢の崩壊もあり得る。

「後陣は摂津守護《せっつ》、池田筑後守殿《いけだちくごのかみ》」

諸将は固唾《かたず》を呑んで自陣の順番に聞き入っていた。だれもが避けたい役目がある。

「そして殿軍《しんがり》は……」

ここで小姓は言葉を止めた。

殿軍とは、最後まで当地に踏み留まって、全軍の退却を助ける役目である。要するに時間稼ぎだ。しかし、これほどの切迫した戦いの殿軍を務めるとなれば、生還はまず考えられなかった。勢いに乗る追撃軍を一手に引き受けなければならなかったからだ。

小姓が信長を見て一礼した。

信長が床几《しょうぎ》からゆっくりと立ち上がった。

緊張の中、信長自ら、その名を告げた。

「藤吉郎」

淡々とした声が信長から出た。

「はっ」

木下藤吉郎秀吉が、顔を真っ赤にしてその場に平伏した。

諸将の間からは、自分ではなかったという、安堵の入り交じった驚きの声が漏れる。

「藤吉郎が殿軍か」

「新参者の務めよ」

「もはや戻れまい」

そのとき、ふたたび信長が声を出した。

「あと一人」

場の緊張感がふたたび極限まで高まる。

「十兵衛」

その名が信長の口から発せられたとき、当の本人はそれがどういうことかまったく理解していなかった。いや、あまりにもあっさりと言われたため、理解できていなかった。

それは瞬時のことであり、続いて光秀を襲った衝撃は、呼吸ができなくなるようなものだった。字のとおり、息をするのも忘れたほどの驚きだった。

横にいる貞良の顔も見た。頭巾の間から目しか見えなかったが、そこには明らかな動揺が見て取れた。

光秀は改めて信長を見た。

強い意志が感じられる瞳がそこにあった。透き通ったような黒で、見つめていると奥に引き込まれそうな。そこに哀憐《あいれん》の情などない。信長が新参である光秀と秀吉を見捨ててこの人選をしたのではないことを、その瞳が語っていた。

信長は合理的にこの役目を務められる者を選んだだけなのだ。

「励め」

短く発せられた信長の言葉に、光秀は鈍器で殴られたかのように、力なく頭を下げるしかなかった。

5

軍議が終わると、信長は近習とともにいち早く京を目指した。

これは浅井の寝返りがすでに京においては噂になっているのは間違いなく、織田家の健在ぶりを示すためには信長の生存を京の者たちに一刻でも早く見せねばならぬからであった。

もっとも、軍勢を置いてさっさと逃げたとも言える。信長という総大将の命を最も優先するということで言えば、大軍で退くよりも少数の騎馬のほうがずっと距離を稼げるのだ。

この後、朽木谷《くつきだに》を通り、信長は無事に京にたどり着いている。


各陣も兵をまとめて、次々と若狭街道を西へと退いていく。

それを光秀は金崎城の物見櫓《やぐら》から見つめていた。

光秀は金崎城に陣をおいた。あの軍議の最後で貞良に耳打ちされた光秀はそのことを信長に提案し、認められた。

その申し出は、退却していく諸将の賞賛を浴びることとなる。

「さすがは清廉たる御血筋。武士としての御覚悟が違う」

それは金崎城が置かれた地形にあった。

金崎城は朝倉家の本拠地である一乗谷《いちじょうだに》に向かう街道に接し、東、北、西の三方は崖《がけ》となっていて、海で囲まれた自然の要害で、古くは南北朝時代から城として使われていた。この金崎城の前に、街道を挟んで天筒山《てづつやま》があり、その山頂に城が築かれ（天筒山城）、両城の連携で敵を撃退する仕組みとなっていた。

しかるに、退却戦となれば金崎城は三方を海で囲まれているがゆえ、袋小路《ふくろこうじ》とも言える。退路を断って戦う姿勢を示したことで、光秀の声望はいやが上にも高まったのだ。

光秀は不安げな表情を浮かべる兵たちに強い調子で語りかけた。

「我らは殿軍を仰せつかったが、それは死ねということではない。これは得がたい名誉であり、さらに言えば、この上ない立身の機会となる」

兵の多くは武士ではなく、死ぬかもしれない事態を前にして、腰が引けている。放っておけばあっという間に離散し、殿軍の役目など果たせなくなる。

彼らをやる気にさせる褒美《ほうび》が必要だった。

光秀に代わって、貞良が、飄光のなりで言った。

「たとえ素性のわからぬ者であろうとも、この戦いの後で士分に取り立てようとのことだ」

「それはまことで!?」

「我が殿は嘘は言わぬ」

嘘という言葉に光秀の心はちくりと痛んだ。

（嘘をつき続けている身としては、これは嘘にするわけにはいかぬな）

光秀がふたたび声を発した。

「働きの良き者には禄を与え、我が家中に迎える。励むときぞ！」

おうという声が響き、一気に威勢が上がった。ひときわ大きな声を出す者として、あの与吉の姿を光秀の目は捉えていた。


兵たちを鼓舞した後、光秀は天筒山城に向かった。天筒山城には木下藤吉郎秀吉の軍勢が入っていた。

「木下陣も苦しかろうが、金崎城を攻められたとき後詰《ごづ》めをしてもらわねば、本当に全滅する」

貞良に言われた戦術は、自らを囮《おとり》とし、秀吉たちに敵の背後をつかせて潰走《かいそう》させるというものだった。

なんとか一戦、そうすることで敵を警戒させる。今度はその隙をついて一気に撤退する。殿軍としての役目を果たしつつ、自らも生き残るにはそれしかなかった。

「木下殿を説得せねば」

光秀は面と向かって秀吉と対するのはこれが初めてだった。無論、顔は知っている。他者のいる中での評定に同席したこともある。しかし、両者とも京で奉行を担っているにもかかわらず、ついぞ二人きりで話したことなどなかった。

驚いたことに秀吉はすぐに光秀の申し出を了承した。

「なかなか難しいところもありますが、やらせていただきます。この藤吉《とうきち》をお信じくだされ」

敵も子供ではない。金崎城を攻めている最中に背後をつかれれば大混乱に陥《おちい》ることぐらい当然わかっている。そのため、金崎城と天筒山城は同時に攻撃されるのは明白だった。

それでも秀吉はやるという。

「我ら、生き残るためには両者が手を携えることがなによりも肝要かと。明智様の隊がいなくなれば我らが敵の圧を一身に受けてしまう。逆もしかり。となれば、やるほかございませぬ」

秀吉はほがらかに言った。

どこか拍子抜けしたように、光秀と貞良は顔を見合わせた。

金崎城に帰る光秀たちを秀吉は城外まで見送ってくれた。

そのとき城を囲む柵《さく》を修繕していた兵たちが秀吉のもとに駆け寄ってきた。

「藤吉様、我らはここで死ぬのか？」

「殿軍で生き残るやつはいねえと聞いとります！　どうなんですか、藤吉様！」

兵たちは遠慮なく秀吉に話しかけてきた。光秀の、いや普通の陣では信じられないことであった。将と兵には厳然たる格差があり、下の者は基本、上の者から話されるまでなにも言うことはできない。ところがここでは秀吉に気軽に話しかけている。しかも、その態度は将に対してのものとは思えない。せいぜい農村における年長者に対しての態度程度のものだった。

秀吉もそのことを気にした様子はない。

それどころか、秀吉もまた兵たちに親しげに話しかけた。

「おめえ、尾張は亀崎《かめざき》村の五平《ごへい》だな。そっちは平地村の安吉《やすきち》か」

「わしらのこと覚えておってくださったか」

「わしゃ、一度見た人間のことは忘れんでの」

そして、光秀たちは、そこからの秀吉の振る舞いにさらに驚かされることになる。

兵たちを前に、秀吉の顔から笑みが消え、まるでおびえたように顔を歪《ゆが》ませると、悲痛な声で叫んだのだ。

「生きて帰れるわけがねーがや。ああ、わしはおまえたちとともにここで死ぬでや」

そう言うと秀吉はぽろぽろと涙を流した。死を恐れぬ武士にはあるまじき行為だが、日頃から百姓の出と言っている秀吉がやると、妙に哀《あわ》れを誘った。

しかし、これは将としても本来やってはいけないことだった。一番上の指揮官が絶望を表すと、それは末端の兵にまで伝染し、士気は一気に落ちる。戦う前に軍勢が崩壊しかねない行為であることは、光秀ですらわかった。

すると、驚くべき声が響いた。

「藤吉様は殺させませんでさ」

「わしらが絶対に藤吉様を守りますけん、安心してくだされ」

そう叫びながら、足軽たちが我も我もと秀吉のもとに駆け寄ってきたのだ。

「わしらが死んだとて、藤吉様が生きてりゃあ、兄弟たちをまた使ってくれる」

「そうよ。わしらの村の食《く》い扶持《ぶち》をなんとかしてくれる」

「百姓の気持ちがわかるのは、同じ百姓だった藤吉様だけじゃ」

「そうじゃ。藤吉様さえ生きててくれりゃあ、わしらの身内は安泰じゃ」

「必ず藤吉様を帰しますでな」

秀吉は流れる涙を拭《ぬぐ》おうともせず、兵たちの手を握って言った。

「ありがたい。すまんのう、すまんのう」

一連のやりとりを光秀は啞然となって見ていた。

（なんなのだ、この陣の高揚感は!? あの本國寺のときの侍どもとは違う、この強い意志は!?）

横を見ると、貞良も怪訝な顔をしている。

（将も兵もない。なにか奇妙な一体感が……）

そのとき、光秀は気づいた。自分の思った言葉の意味を。

（将も兵もない……上下無き……!?）

いや、と光秀は頭《かぶり》を振った。

「藤吉郎は兵たちから見ればまだ百姓なのだ。もともと上も下もないのだ」

光秀は自分に言い聞かせるかのように、そうつぶやいていた。

6

光秀が金崎城に戻ると、慌《あわ》ただしい動きがあった。

出張らせていた物見たちが次々と戻ってくる。

「敵はすでに二里先の峠を越え、一気にこちらに押し寄せてくる由」

「軍列はずっと遠くまで続いておりまする。おそらく二万は間違いないかと」

「日暮れれば行軍は止まるのではと思いましたが、荷駄隊には大量の松明《たいまつ》が見てとれるとのこと」

物見の兵の報告があるごとに、陣内では重苦しい雰囲気が増していく。

逆に陣幕の外ではまだ士気が高いようだった。

「まもなく敵が来るぞ！　気張れ！」

おうの声が大きく響く。

（生き延びられるか……）

光秀の顔はいよいよ険しくなっている。

織田軍の最後の隊はまだ先ほど出立したばかりだった。せめて一刻は時を稼がなければ殿軍を果たしたことにはならない。

（木下殿、頼んだぞ）

向かいの天筒山の山頂にいる秀吉の後詰めに期待する以外なかった。

そこへ、陣幕内から席を外していた貞良が戻ってきた。

「殿、大変なことになり申した」

貞良は皆に聞こえるような声でそう言った。

「天筒山城から、やはり後詰めは無理だという伝令が」

「馬鹿な」

光秀は思わず床几から立ち上がっていた。

「それでは我らは全滅だ。我らと一蓮托生《いちれんたくしょう》の運命ではなかったのか!?」

「あの後、天筒山城内でなにかあったと思われます。この上は、ふたたび殿自らが赴いて、説得するほかありませぬ！」

貞良の言葉に周囲の侍たちも大きくうなずく。

「こちらは我らにおまかせを。殿はなんとしても木下殿を翻意させてくださりませ」

「わかった！」

光秀は貞良とわずかな近習と共に馬に乗り、城を出た。


(藤吉郎、なぜ意を変えた。あのとき我らに言ったのは嘘だったのか)

馬を走らせながら、光秀は歯噛《はが》みしていた。

秀吉の温和な表情が浮かぶ。それを信じた自分が愚かだったのか。

(急がなければ……)

ゆっくりと陽は海面に落ちていく。陽の動きは敵襲への秒読みであった。

(おかしい……？)

しばらく行ったところで光秀は違和感に襲われた。天筒山城に行く山道にたどり着くのにずいぶんと時間がかかっていることに気づいたのだ。

光秀は貞良に馬を並べて言った。

「道を見失ったか、飄光。天筒山城への山道はもっと手前のはず」

しかし、貞良は真剣な顔で言った。

「これでよいのです」

「飄光？」

そのとき、背後から遠く喚声が聞こえてきた。

「！」

金崎城、そして天筒山城に敵勢が襲いかかったのを告げるものだった。

「急がねば！　城が！」

光秀が馬の向きを変えようとするが、貞良が大声をあげた。

「殿をお止めせよ！」

飄光の言葉に、近習たちが光秀を取り囲む。

「なにをしている、飄光！　このままでは城が落ちる！」

「もとより承知のこと」

「なんだと！」

「金崎城にて、若侍どもは嬉々として死地に向かいましょう。本國寺のときのように」

「飄光！」

「雑兵とはいえ、千人という数は敵も無視できませぬ。金崎城の兵を皆殺しにするためにはかなり時間がかかり、足止めとなります。これで殿軍の役目は果たせます」

「なにを考えている！」

光秀は貞良に飛びかかった。

二人して馬から落ち、地面の上を転がる。

光秀は這って貞良に詰め寄り、言った。

「皆殺しとはどういうことだ？　千人が死ぬとは!?」

貞良は飄光を装うことなく、冷静な顔で光秀に言った。

「そうでもしないと時間が稼げぬ。そのためには千人という数は減らすわけにはいかなかった」

「なにを……」

「わしが金崎城を望んだのは、三方を海に囲まれ守りやすいということではない」

「……!?」

「三方が塞がれておるため、雑兵どもに逃げ場がないということだ」

「おまえ……」

光秀の全身が震えていた。恐怖だ。貞良という名の男の考えたことに対する恐怖。

「雑兵たちが離散することはない。自然と背水の陣となって戦うしかない。雑兵たちは逃げられぬ」

光秀は貞良の言葉を聞き、呆然の体《てい》で動けなかった。

「あぁぁ……！」

どの方向からか、突如突き出た槍の穂先がまともに与吉の喉を貫いていた。

与吉は起こったことが信じられぬかのように目を見開き、口からしゅうしゅうと朱色の混じった息を吐いていた。

「さむらいになる……」

声帯をやられたのか、かすれ濁った声が聞き取れないほどの少なさで出て、喉から鮮血を噴き上げながら倒れ込んだ。

流れ出た真っ赤な血は、動かなくなった与吉の身体を包むように地にあふれるが、無数の兵たちによって踏みにじられ、黒ずみ、やがて周囲に溶け込み、消えた。

同じ光景が金崎城全体で起こっていた。城の兵は抵抗するものの、それはもはや一方的な虐殺にすぎなかった。


愕然となっている光秀に、貞良は淡々と語っていた。

「藤吉郎が異を唱えたわけではない。あの男は律儀に後詰めを出そうとするだろう。しかし、この状況ではそんなものが成功するはずがない」

「では、俺がここにいるのは……」

「おぬしは生き延びねばならぬ。そのために連れ出した。要は逃げるためだ」

「ああ……」

光秀の身体から力が抜けていた。

今、自分は千人を犠牲にして、一人生き延びようとしている最中だったのだ。貞良に連れ出されたとはいえ、将として、それを行ってしまっているのだ。

与吉の、見知った雑兵たちの顔がちらつく。さまざまな想いが押し寄せ、精神が保ちそうになかった。

「俺は……戻る」

光秀は立ち上がろうとした。

「殿を安全な場所にお連れしろ！」

貞良の声に、近習たちが光秀の身体をつかむ。

「離せ！　このまま俺だけ生き延びろというのか！　あの者たちを捨てて」

「そうだ！　将が生き延びればいくらでも立て直しができる！　雑兵は将を生かすために死ぬことも使命だ」

貞良の言葉に光秀は納得できなかった。散々言われてきたことだ。しかし、感情が納得しない。

光秀はわめいていた。

「俺の夢のために千人が死ぬのか！　俺の命と夢のために！」

「悪人たれ、十兵衛！」

「あの者らは無駄に死ぬのか！　俺ごときのために！」

「雑兵などいくらでもいる！　あんなやつら死んだとてなにほどのものか！」

貞良の声が光秀の心に突き刺さった。

このとき、光秀の脳裏に、強く潰すような衝撃が走った。一つの気づきがそれを引き起こしていた。

（この男は、雑兵を、百姓を、地下人を下に見ている！）

目の前にいる貞良の顔が歪んで見えた。

（道具などではない。そんな想いもない。ただただ自分たちよりも劣《おと》ったなにかなのだ！）

光秀の目は血走り、見開かれていた。必死に真実を見極めるかのように。

（そして俺をもだ！）

貞良の顔が光秀の視界の中で真っ黒に塗り潰される。

もう貞良がなにを叫んでいるのか、聞こえなかった。

「俺はなぜここにいる……」

死が生産されるさまざまな音の中に、光秀のつぶやきが消えていった。

第五章　『比叡山』

1

光秀も、そして秀吉も殿軍の役目を果たし、無事に帰還した。この二人の活躍は「金崎退《の》き口《くち》」として後世にまで伝えられている。

二人が帰ってきたとき、信長本人はさも当然のような態度で接したが、多くには驚きをもって迎えられ、光秀はその声望がさらに高まり、秀吉は無視されていた家中の諸将から一目置かれるようになった。特に光秀は、今までは血筋の良さだけで認められていたものが、織田家らしく実力も伴っていると見られたのである。

こうして「金崎退き口」はさまざまなことに影響を及ぼしたが、一番変わったのは明智光秀その人だった。

あれだけ情熱を持ち行動していた男が、日々の言動から熱さが失われ、目には生気がなく、信長から言われたことを黙々と執り行う人間となっていた。

朝倉征伐の失敗以降、織田家そのものは試練に見舞われていた。

本格的に朝倉家浅井家と交戦するようになり、そこに南近江の六角、阿波の三好党が絡み、さらには甲斐《かい》の武田、摂津の石山本願寺の圧力にさらされた。

足利将軍家とも軋《きし》みが目立つようになり、比叡山延暦寺をはじめとする宗教勢力との折り合いも悪くなった。

織田家は大名たちの包囲網に手足をとられ、もがき続けるような状態だった。

それでも、浅井朝倉と干戈《かんか》を交えた「姉川《あねがわ》の戦い」など、直接的な戦いをいくつも制し、時には将軍である足利義昭に御教書《みぎょうしょ》を出させ、ついには朝廷まで動かして、なんとか勢力を保つことには成功していた。

これらの戦いの中で、光秀は庶務に軍務に重要な役回りを担い、不足なく勤め上げた。黙々と、不平不満をいっさい言わず、いや、なんの感情すら見せず。


光秀と貞良の関係も変わっていた。

かつての光秀は、自分が納得するまで貞良の言にも首を縦に振らなかったが、金崎後は反論や疑問を挟むことなく、ただ「わかった」と言って従うようになった。

貞良はそんな光秀の態度が気に入らないようだった。そういうとき、怪訝な顔になり、厳しい視線を向ける。

が、光秀はいちいち反応しなかった。反応できなかったといったほうがよいか。

とうとう耐えかねたのか、あるとき貞良が言った。

「どうした？　ずいぶんと素直になったではないか」

明らかに挑発的な口調だった。光秀から感情を引き出したいという意図が見え隠れする。

「そうか」

光秀の返事にはなんの熱もない。

貞良は鼻白んだような笑みを浮かべ、光秀の内面に届くような言葉を放った。

「金崎で兵を見殺しにしたことを後悔しておるのか？」

前の光秀ならば、このように挑発されれば、熱を一気に上げ、真っ赤な顔で感情をぶつけたであろう。

しかし、今は違った。光秀の顔にはやはり感情が表れなかった。

どこか遠くを見るような目になり、力のない声で言った。

「後悔か……」

あのとき、自分になにができたというのか。なにを後悔しろというのか。

もし、後悔するとしたら、自分が理想を抱いたこと。そして、そのために嘘をつき続けていること。そんな思いが光秀の脳裏をかすめた。

(嘘は今も……)

——氏素性も、親の名前すら知らぬ俺が、名門土岐氏の末裔、明智光秀と名乗っているではないか。

現在の光秀は自分のことでわかっていることがある。すべてに対して、情熱が持てなくなったということ。考えること、やること、すべてにおいて。時には生きることにさえも。

しかし、「死」は選択肢にはなかった。「死」など許されるものではなかった。自分は生きなければならなかった。あの金崎で千人の人間が自分のために死んだのだ。その者たちにもらった命だから生きていく――そんな甘ったるいものではなかった。

(むしろ逆だ)

心苛まれる日々に比べれば、「死」はなんとも甘美に思えてしまう。自己嫌悪に陥る日々から救われる。思い出したくもない記憶から逃れられる。死んでしまいさえすれば。そう、死を選べば。

(だがだめだ。だめなのだ)

自分は生きて苦しまねばならない。これは千人の生を奪った罰なのだ。

――明智光秀の名を背負って生きていく。

象徴たるその名から逃れることはできなくなっていた。

貞良に言われ、誓わされた武士としての生き様だが、やり遂げると決めたのは自分であった。けれど、これほど逃げたくなるとは思わなかった。向いていないということではない。

(むしろ、根本的に無理なことであったのだ……武士であるということが)

が、今やこれも忌避することは許されない。「武士」でなければいけなくなったのだ。あの千人が死んだのは、「武士」である「明智光秀」によって、なのだ。背負わなければならない業というものであった。

しばし黙り込んでいた光秀がぽつりとつぶやいた。

「どこまでさかのぼって後悔すればよいのか、もはやそれすらもわからぬ」

それを聞き、貞良の鼻白んだ表情はむしろ強くなっていた。不満が増したか、なおも挑発を続ける。

「どうした？　あれぐらいのことでおぬしの心が壊れたわけではあるまいな」

光秀の心は揺れない。

感情は動かない。

「…………」

無言だ。

それでも貞良のほうはやめない。

「理想のために悪人たれと言ったことは覚えておるか。あのときのおぬしは悪人の中の悪人。自らの夢のために多数の人間を切って捨てたのだ」

自らの行為は棚に上げ、敢えて悪し様《あざま》に光秀のことをあげつらった。貞良は光秀の感情をなんとしても動かしたいのだ。

「しかし、それはわかっていたことではないか。悪人を貫き通すためについた嘘ではなかったか!?」

光秀には未だ響かない。

「ここで理想に向かうことをやめれば、あの死んでいった者たちはだれも浮かばれぬ！」

貞良の口調はさらに激しいものに変わっていた。貫くような視線を光秀に浴びせかける。

「十兵衛、ここで逃げたら負けぞ。織田家での地位を得たからこそ、やらなければならないことがある。これもまたおぬしの理想のためぞ！」

貞良が息を継いだ。

視線は光秀から離れない。

「…………」

光秀のほうもその視線から目をそらさなかった。光秀は貞良から逃げたわけではなかった。むしろ、貞良への関心は増していた。

（この男はなんなのだ？　なぜ俺をこれほど走らせようとする？）

光秀の思い描いていた理想である「上下無き世」に賛同して、ともに行動している――とは金崎の後、思えなくなっていた。

今、光秀が貞良に感じているのは、恐怖だ。心の奥底の知れなさが、得体の知れない恐怖という感覚を引き起こしていた。

（なにかがある。俺の知らないなにかが……）

結局、光秀は貞良に対して感情を爆発させることもなく、淡々とした態度を貫いた。

笑みも、哀しみも、怒りも、なにも光秀の顔には浮かばなかった。

2

「殿様はお変わりになどなっておりませぬ」

熙子は屋敷に戻った光秀のもとに来るなり、面と向かってそう言った。

光秀は驚いたように熙子を見た。

「急になにを言い出すのだ」

「家中での噂話が私の耳にまで聞こえてきたのです。殿様が変わった、殿様が変わった、と」

そんな噂が出回っているとは光秀は知らなかった。それほど自分の内面が外に出ていたのかとも思う。

「気にすることはない」

光秀は知らないそぶりでそう言った。

そう言いながら、ふと思ったことがあった。光秀は本名の熙子とは言わず、「茅」の呼び名を使い、言った。

「茅は、俺が変わるのはいやなのか?」

「はい。私は出会った頃から変わらぬ殿様でいてほしいと思っております。私や子らに幸せを与えてくださった殿様のままで」

前の光秀なら、その言い草も夢想癖《へき》と思い、捨て置いたかもしれない。しかし、今は「幸せを与えてくれた」などと言われたことが、心を刺激していた。

(この女もまた俺の夢の犠牲者だというのに……!)

もともとは己の理想に至るための道具として目を付けた女。奪い取り、形ばかりの夫婦となったはずが、いつしか自分の子をなした女。そのうちに、家族というものを、家庭というものを光秀にもたらした女。その結果、光秀に安らぎをもたらしていた女。

(そんなことでよかったのか、この女は!?)

貞良に対してはまったく湧き上がらなかった感情が、大きく膨れ上がっていく。

どこかで冷静な光秀が言っている。なぜ怒るのか。それが間違いだとわかっている光秀もいる。けれど、それらを凌駕《りょうが》して、どうにも怒りが止められない光秀がいた。

光秀は強い口調で言った。

「俺はおまえを自分の都合だけで犯した男だぞ! それを幸せなど……片腹痛い!」

「……?」

光秀の言い様に、熙子は心外そうな表情を見せた。

「いえ、幸せでございます」

「嘘をつけ!」

光秀は今までになく激しい感情を熙子に見せていた。貞良には敢えて出さなかった、鬱屈《うっくつ》した想いの一端がにじみ出て、それをぶつけることしかできなくなっていた。

(情けない男だ……俺は……)

　わかってはいる。わかってはいるが、止めることができない。このとき光秀は、素の自分を、熙子にいっさい隠すことなく、はっきりと出していることに気づいていた。

(甘えだ、これは！　俺は目の前の女に甘えている！　それが許せない！　どうにも許せない！)

　自分を責めても、光秀の口は止まらない。

「かつておまえは自分は〝道具〟で幸せだと言った。俺がおまえのことを道具扱いしていることを認識しておったのだ。人が人を道具扱いするなどと、これほどひどいことはあるまい！　俺はそのような男ぞ！」

　どうにも惨めな想いが光秀を支配していた。殻に籠もったはずの光秀は、熙子の前ではいとも簡単に裸で飛び出している。それがわかるから熙子に怒りを抱いている。その自らの理不尽さに、さらなる怒りがこみ上げてくる。

(自分がいやだ！　だが、この女の偽善はもっといやだ！)

　光秀は吐き出すように叫んでいた。

「俺を怒れ！　俺に対しての怒りを、本心を出せ！」

　熱い光秀に比べ、熙子は冷静だった。

　にらみつける光秀から視線を外すことなく、しばし沈黙をもって応じた。

　やがて熙子の口から出た言葉は、光秀の予期せぬものだった。

「殿様は、そんなにも私を哀しい女にしたいのですか？」

虚を衝かれたように、光秀の思考が止まる。それだけでなく、呆然と熙子を見つめたまま、いっさいの動きも止まった。

熙子はゆっくりと続けた。

「哀しい目に遭った女は泣いて暮らす。ひどい目に遭った女は相手を恨み続ける。……殿様、そこまで女は弱い生き物ではありません」

花の蕾《つぼみ》が開くように、熙子の顔に笑みが表れる。

「殿様がやったことは、世間ではよくないことかもしれませんが、私はそこまでひどい目に遭ったなんて思っていません。ひどいことなどいくらでもあります。私もそういう境遇の中で育ってまいりました」

「…………」

光秀は思う。考えてみれば、熙子の過去を知ろうとしたことなどなかった、と。それは間違いなく、道具扱いした熙子に対しての後ろめたさが関係していた。

公家という身分の高い階層の出でありながら、人買いに売られるという事実の裏には、光秀がこれまで味わってきたつらさと同じ、いや、それ以上の魂への傷害があったかもしれなかった。

(俺はそんなことも考えず、ただただ自分の気持ちを押しつけていた……)

もう光秀に怒りはなかった。己の狭量さを知り、あの惨めな気持ちが全身を覆い尽くそうとしていた。

だが、その感情が覆う前、手を差し伸べたのはやはり熙子だった。

「女にとって、過去などどうでもいいのです。今は殿様のおかげで本当に幸せです。なんの問題がありましょう」

「いや、だが俺は……」

「殿様は私に家族をくれました。安らぎ、子を育てられるなんて夢のようです」

熙子の笑顔はまぶしく、それを見て、光秀は言わずにはいられなかった。

「俺は嘘つきだ」

それに対し、熙子は静かにうなずいた。

「知っております」

熙子の手がスッと伸び、光秀の口を覆う。

熙子は笑っていた。

「娘たちも大きくなりました。嫁ぐ日も来ることでしょう。そのとき、地下人の娘ならば良き縁談に恵まれることもなかったかもしれません。けれど、今ならば……」

熙子は光秀の口を覆っていた手を離し、そのまま身体を預けた。

「殿様は私たち家族を守ってくれているのです。私たちの幸せを」

熙子の身体を抱く光秀の手にも力がこもる。

(なんだ、この安らぎは……)

金崎以来、味わったことのない感覚が、光秀の心を満たしていた。

「これが幸せだと……？」

そのとき気づいたのだ。熙子の笑顔を見るたび、子らに会うたび、この安らぎを感じていた、と。ずっと大切なものはそばにあったのだ、と。

「熙子、すまなかった」

光秀は熙子を抱きしめたまま言った。

熙子は笑みをやめ、少し拗《す》ねた表情になって返した。

「茅と呼んでくださいませと、何度も言っておりますのに」

ひとときのことかもしれないが、愛《いと》しさが傷ついた光秀の心を温めていた。

ただ――

たった一つだけ、光秀には気になることがあった。

これもまた、熙子が気づかせてくれたこと、と言ってよかった。

(本当にそうだろうか……)

光秀の中に疑心があった。

その疑心は熙子が自分たちが幸せだと言ったことに対してではなかった。もっと根本的なことだ。

「地下人の娘ならば幸せは得られない」というところだった。

(下の者は幸せなどつかめない。そう思ったからこそ、上下無き世を目指そうとした。しかし、それは正しかったのか?)

光秀は今、「上」と思われる身分にいる。けれど、そこに幸せはあったのか？　家族を除いて幸せを感じることがあったのか。つらさばかりではないのか。

（どんなところにも幸せはあるのではないか？　いや、それ以前に……）

いったい「上下無き世」とはなんなのか。

光秀は唖然となった。

（そんなこともわからぬまま、俺はここまで来たというのか）

そう、漠然とそれを求めて光秀はここまで来た。本当はわからないまま。

光秀はうめいた。

（ただ一つの嘘を使って、ここまでたどり着いた。たくさんの犠牲を払って。だが、あの放浪しているときも、結局「上下無き世」はどこにもなかったではないか）

もはや嘘は取り返しがつかぬほど大きくなってしまっている。

光秀が実現したかった「上下無き世」とはなんなのか。わからぬまま進むのか。それとも――

「殿様？」

気がつくと、煕子が心配そうに見ていた。

「なんでもない」

「ですが……」

「なんでもないのだ」

光秀は煕子を抱く腕にふたたび力を込めた。

「俺は嘘つきだ」

「何度もおっしゃいますな。大丈夫でございます」

「俺は嘘つきだ……」

熙子がまるで赤子をあやすかのように、トントンと背中に触れてくる。なんとも言えぬ心地よさが身体中に広がった。いや、心の中にも。

(そうだ。嘘のおかげで、俺の幸せはここにある。嘘のおかげで幸せだと言ってくれる者もここにいる)

今までにない決意が光秀の中に生まれていた。

(この幸せのためだけだとしても、俺は嘘を守らねばならぬ)

腕の中の熙子は、さらに温かさを増していた。

3

元亀二年(一五七一年)の夏、陽光の中に光秀はいた。

従者を一人連れ、光秀は山城国にあった領地を訪れていた。戦いの打ち続く中、わずかな休息を経《へ》ての訪問であった。

夏の緑に、目に飛び込む風景も賑々《にぎにぎ》しく、響く蝉《せみ》の声とともに、熱せられた空気が馬上の光秀を覆う。けれど、それは決して不快なものではなく、時折吹く風が、浮き上がった汗から熱を奪い、心地よさを醸し出していた。

光秀の心は晴れていた。

(あたりが澄んで見える。これも熙子のおかげだな。いや、茅と呼ばねばまた拗ねるか……)

笑みも浮かぶようになっていた。


連れてきた若者は律儀さが取り柄のような人柄で、あの金崎のときも城に戻ろうとする主人を必死に留《とど》めた一人であった。

名を三宅《みやけ》弥平次という。美濃の地侍の出で、光秀が信長の家臣になった早い時期に、光秀に出仕していた。

弥平次は忠義心に篤く、金崎のことも、「我らにとっても最も大事なものは殿のお命」と言って憚らず、兵たちの死すらも肯定するような、若さゆえの剛胆さと無謀さを持った男だった。

そして、その裏表のないまっすぐな性格を光秀はことのほか気に入っていた。

(俺もただただ一途な想いのみで生きていたときもあった。さまざまな因習、風習、格差に行く手を阻まれ、ついには〝嘘〟という大人の汚さを武器にすることになろうとは……)

弥平次をまぶしく感じる理由は他にもあった。

「我が娘をやろう」

戯《たわむ》れに、というよりも半ば本気で光秀は弥平次に言ったことがあった。

「もったいなきお言葉にござりまする」

弥平次は恐縮してそう言うと、そのまま平伏までして続けた。

「なれど、それはあまりにも畏れ多いことにて、謹んでご辞退申し上げます」

このとき、弥平次には主人の戯れという想いはなかったかもしれない。いや、たとえそのような考えが頭をよぎったとしても、仕える主人が口に出したことに対しては、真剣に応対するというのが、彼の誠実さの為せる業《わざ》であり、流儀とも言えた。

「明智家の姫御前《ひめごぜ》と我では、あまりに血筋が違いすぎまする。我が家は武家とはいえ、地下の者となんら変わりないようなもの。本来であれば、源氏の名門、土岐氏であられる殿のそばにいることすら憚られる身分なれば」

下克上の横行するこの時代においても、弥平次はただひたすら愚直に、古くからの筋目にこだわり、それを覆そうなどという気持ちは微塵《みじん》も持たなかった。

そんな弥平次の切なる弁は、光秀の心に響いた。彼の誠実さと、己の醜《みにく》さとともに。

(弥平次、本当はおまえよりもさらに下の身分なのだよ、俺は。おまえの清廉さが、俺には灼《しゃく》熱《ねっ》の火箸《ひばし》を突き当てられたように感じられる)

だが、その自虐の思いを気取られてはならぬ、とばかりに光秀は微笑みを強くした。

弥平次は光秀の表情に感極まったように、涙声で言った。

「我は身の程を知っておりまする。殿の御身を守ることだけが我が使命」

この若者は、後に本当に光秀の娘を娶り、名を明智左馬助秀満と改め、明智一族として遇されることになる。

田畑を耕作する者たちが、互いに縁を深め、住居を密集させ、「村」という集団組織を作り出したのは、室町時代初期の畿内と言われている。やがて村は、権力者たちからの自立心を高め、自治体としての「惣村《そうそん》」へと発展した。自治の担い手は、もちろん農業従事者である百姓と、さらには村に住まう領主から独立した武士――地侍たちであった。

畿内の中心である、京を抱える山城国では、「応仁の乱」直後の一時期、惣村が結託して、国そのものを運営するということが起こった。これを惣国一揆というが、このとき自治の過程で起こる諸問題が、担い手たちの間に意見の対立を生み、それがやがて抜き差しならぬものとなって、対立を激化させ、一揆そのものを崩壊させていった。

光秀が得た所領は、そんな惣村が成り立っていた地域で、惣村時代の指導役であった沙汰人《さたにん》が今も村をまとめていた。沙汰人は蓑部善兵衛《みのべぜんべえ》という五十近い男で、平均寿命が四十未満だったこの時代では、経験豊かな年寄りとして、村人たちから尊敬を受けていた。

光秀は、その善兵衛の屋敷を訪れていた。

善兵衛と光秀が会うのはこれが初めてではなく、善兵衛は光秀の「清和源氏土岐氏に連なる」という出自を聞き、貴人に対するような慇懃な態度をとっていた。

「御領主様が尊き御方ということで、村の者たちも喜んでおりまする。誇りじゃと」

善兵衛の言葉は、今の光秀にとってはあまり心地の良いものではなかったが、それでも決して顔には出さず、穏やかな表情を保っていた。

ふと光秀にある思いが浮かんでいた。この「惣」という自治の流れを汲む善兵衛に己の理想を話してみようと思ったのだ。自信を失っていた光秀には、意志を支えてくれる強き賛同者が必要であった。

「もし、上下無き世がくればそなたらも……」

光秀は将来戦をなくし、上下無き世を現出させたいと話した。冷静に話したつもりだが、口ぶりにはかなり熱がこもってしまっていた。

ところが、善兵衛の返答は、光秀を驚かせるものであった。

「御殿様のおっしゃる〝上下無き世〟というのがどのようなものか、学の薄い手前にはもう一つわからぬのですが、我ら百姓も政に参加するというのであれば……」

善兵衛は不満そうな顔で言った。

「正直、上下無き世など、迷惑なだけでございます」

光秀は愕然となって善兵衛を見た。

「迷惑、とな」

「そのとおりでございます」

善兵衛は、自身が経験したわけではないが、と前置きし、伝え聞いている惣国一揆のことを話し始めた。

「百姓の持ちたる国などと申しますが、明確に支配する側とされる側に分かれておりました。それはなぜか。百姓が政をやりたがらぬのでございます」

光秀はなにも言わずに聞いていた。衝撃が心を揺さぶっていた。

「学がないこともございますが、百姓にとって大切なのは銭と生活。それを保証してくれる者がいるならば、それに頼りたいとほとんどの者が考えてしまうのです」

さらに善兵衛は続けた。それはこの時代の庶人の社会観ともいうべきものだった。

「人にはそれぞれ分限というものがありまする。それを越えることは労苦が伴います。越えたいと思う人間は稀です」

「………」

「お武家様には政と戦をしてもらって、野盗や他国から我らを守っていただきたい。商人は商いのみに集中し、百姓は野良仕事に専ら携わっておりたいのです。それを上も下もなく、皆、平らになどと、わずらわしさすら感じてしまいまする」

善兵衛はここで頭を深々と下げた。

「明智様には良き殿様であられ、どうか我らに田畑以外のことを考えずにいられるよう、お願い申し上げます」

光秀は黙って立っていた。顔にはいっさいの感情が浮かんでいない。

善兵衛が顔をあげると、光秀は小さくうなずいた。


帰り道、光秀はなにも語らなかった。付き従う弥平次も口をつぐんでいる。

光秀は振り返っていた。かつて諸国を放浪した時代を。思い出していた。あの頃、自分は理想を説くばかりであったことを。人に自分の考えを語るのみで、他人の意見を聞かなかったことを。庶人の中に入り込み、その生活に触れ、その現実を知り、その意見を聞くことはついぞなかった。

(上下無き世など、世情を知らぬ無知の夢であったか……)

光秀の顔に笑みが浮かぶ。それは満面のものとなり、ついには破顔し、高い笑い声が漏れた。

それでいて、目から流れ出る涙を止めることはできなかった。

(捨てよう、理想など。捨てよう、夢など)

異様な笑いを続ける光秀を弥平次は顔を背け、見ぬふりをしていた。触れてはならぬ主君の想いを感じ取っての行為だった。

理想を捨て去ったとき、残ったのは、あの〝嘘〟のみであった。

(俺は、明智光秀という名を、嘘を捨てられるのか?)

笑みは一瞬で苦悶《くもん》の表情に変わる。

しかし、家族を守ると誓った己の中に、〝嘘〟を守る以外の方法はどうしても浮かばなかった。

4

元亀二年になってから、浅井朝倉との戦いは激しさを増している。

戦力では圧倒する織田家であったが、信長のやり方に反発する諸処の勢力が浅井朝倉を助け、決定的な勝利をつかむことができずにいた。

特に比叡山延暦寺は全面的に反織田に立ち、追い詰められた浅井朝倉軍を山内に匿《かくま》うことまで行った。

これに対抗し、織田軍も比叡山を囲みはしたが、さすがに山門への攻撃は躊躇《ためら》われた。

平安の昔から国家鎮護の要《かなめ》として武士や庶人、果ては朝廷に至るまで尊崇《そんすう》を集める延暦寺を攻めることは、下手すれば日ノ本中を敵に回すことになりかねなかった。

結局、一向一揆や甲斐武田家の動きに足を取られ、浅井朝倉とは和睦《わぼく》し、比叡山の包囲は解かれた。無論、この和睦は一時的なものであったが。

浅井朝倉勢の、いざというときの安全地帯と化した比叡山延暦寺は、織田家にとっては喉元に刺さった強烈な棘《とげ》と化していた。


この同じ年、織田家にとってもう一つの敵対する宗教勢力である一向一揆に対して、初めて大々的な攻勢が行われた。やはり喉元の棘となっていた、北伊勢の長島一向一揆への攻撃である。戦い自体は成功したとは言いがたく、この後、二次三次と攻勢は続くことになるが、ともかくにも、信長が宗教勢力に対しても断固とした措置をとることが、天下に示された事例であった。

織田家の諸将が北近江で浅井朝倉勢とにらみ合いを続けている中、光秀は京に戻っていた。無論、合戦があれば出陣はするが、それよりも信長としては光秀を朝廷や将軍家との折衝に使うほうが得策と判断しているようだった。

(高く評価されていると言う者もいるが、弾正忠様は、使える者を適宜に使うだけのことだ)

その日、光秀が役宅にいるところに、呼んでもいない貞良がやってきた。最近の貞良にしては珍しいことだった。前もって使いをやれば来るが、そうでなければ、ほとんど顔を出さない。出会った頃の世捨て人の気質が出た、とも思ったが、漏れ伝わってきたところによると、都のあちこちを訪ねて回っているらしい。飄光と名乗った、あの僧衣姿が逆に市井では目立ち、目撃した家中の者も多くいた。

(考えてみれば、俺はあの男がなにをやっているのか、まるで知らない)

貞良は死んだことになっている。坂本にいる頃から、その正体を明かして活動したことは一度もないはずだった。

(いや、案外俺の知らないところで、自らの正体を明かし、旧知の人間たちと細かにやりとりをしているということか?)

このとき、光秀には強く思うことがあった。

(貞良がこの都で動き回っているとして、それは俺のためか? それとも……)

先に浮かんだ貞良への疑念は、ここでさらに強くなっている。光秀の理想への道を手伝うため、世捨て人をやめたと思われていた貞良に、もし他に目的があるとすれば、いったいそれはなにか。

(俺の思い違いか……いや……)

貞良から感じる得体の知れなさ。もはや恐怖という感情まで抱かせるようになったそれは、光秀を猜疑《さいぎ》の塊にしていた。


貞良は光秀の前に微笑んで座っている。

今の光秀には、それが不審に感じられて仕方なかった。

（今度は俺になにをやらせようというのか）

その光秀の考えは、最悪な形で当たっていた。


「信長を殺せ」


恐るべきその言葉を貞良は、日常にありふれた、あたりまえの行為のように、自然な表情で言った。

だが、言われたほうはまるで平静な感情を保てなかった。一瞬、なにを言われたのかわからなかったほどだ。やがて、その意味を反復するにつれ、光秀の顔は強張《こわば》り、喉がカラカラに渇いていく。

「殺す……？」

光秀はそれだけ返すのがやっとだった。

「なにを驚いている、十兵衛。おぬしの理想のためには頂に立たねばならぬ。ならば、上にいる者を除くのは当然のことだ」

「しかし、それは……」

貞良の説明に光秀はうなずくことができなかった。光秀の現状から〝頂〟などということは想像することすらできなかった。

「これは少し先走りすぎたかな。順を追って説明しよう。先だって弾正忠……いや、信長が長島を攻めたことは知っておるな」

「うむ」

「そこで織田軍がなにをやったかわかるか。老若男女の区別なく、信徒を殺しまくったのだぞ。罪もない人間たちを、ただ信仰に忠実だというだけでだ」

罪もない人間を殺したというのであれば、金崎のときの我らもそうではなかったのか。すぐに心に浮かんだその思いを、光秀は言葉にするのをやめた。ここまでの付き合いで、貞良と問答をしても無駄だとわかっていたのだ。

案の定、光秀の顔色から読んだのか、貞良のほうから口に出してもいない光秀に返答が飛んできた。

「これは金崎のときとは違う。兵たちは主君のために身を犠牲にするのは当然のことだ」

(勝手な言い草だ……)

そう思ったが、それも口に出さなかった。

「ともかく、これがどういうことかわかるか。信長は、自分に反対する者は根絶やしにしようとしている。この考えでいけば、もはや上下無き世など絶対に来ない。織田家支配のもとでは、天下は支配する側か、奴隷か、だ」

これについては光秀もわからぬでもなかった。信長という人間の考え方が苛烈すぎるのだ。

(弾正忠様は日頃、ほとんどなにも言わぬ。けれど、あの方は行動で示される)

光秀は貞良に言った。

「弾正忠様を弑し奉った後はどうするのだ？　織田家の諸将は？」

「織田家は信長がいなくなれば崩れる。あれは信長だけで保っているからのう。あやつ亡き後は、今の公方様を旗頭に、御所を使えるものに変える。なに、政所は適当な伊勢の者を召し出して、裏で我が仕切ろうぞ。おぬしは管領になるがよかろう」

貞良の考えは、信長を殺して飾り物と化している足利幕府を再興するというものだった。

極めて現実的な選択だと光秀も思う。だが、果たして、ここに下克上になれた諸大名の支持が得られるのか。

「やり方次第よ。少なくとも、今の信長を制するより、よっぽど容易《たやす》い」

ここまで言って、貞良は口を閉じ、じっと光秀を見つめた。決断を迫る視線が光秀に向かってきている。

「…………」

光秀はその貞良の視線をしっかりと受け止めていた。実は光秀の心は決まっていた。返事をなかなか声にしなかったのには、別に思うところがあったからだ。

もし、自分が貞良に疑問を抱かなかったなら。もし、自分が家族の温《ぬく》もりに背を向けていたら。もし、自分が庶人の想いをわかっていなかったら。

今、光秀が口を開いたなら、それは貞良との間に最悪な結果をもたらすかもしれない。そこに至るようになった自分の心境の変化を、我がことながら驚き、感じ入っていた。

貞良の顔に怪訝な表情が浮かぶ。光秀が口を開かないことを、未だ迷っていると判断したからだ。

貞良は光秀に助け船を出すつもりで言った。

「信長に叡山を攻めさせよ」

評定にて、比叡山を攻めるよう、積極的に発言しろというのだ。

「仏罰を少しも恐れぬ信長ならば、叡山攻めは時間の問題だろう。それでもおぬしが献策することで叡山攻めの時期が決まる」

貞良は笑みを浮かべた。

「そうなれば、こちらとしても謀《はかりごと》を確実に行うことができる」

そして、光秀にはその言上だけして、後はなにもしなくてよいと言った。

「信長は麓の坂本に本陣を置こう。あそこなら勝手知ったる者たちもいる。銭でいくらでも雇える。おぬしが手を下す必要はないのだ」

要するに光秀はなにもしなくてよいということだ。ただ決断して、自分の考えに乗れと貞良は言っているのだ。

「俺は……」

黙っていた光秀がようやく口を開いた。

「俺は理想を捨てた。上下無き世を求めることはもうない」

「な……」

光秀は、初めて貞良が放心したような表情を見た。冷静沈着で、常に相手の先を読むこの男に、こんな顔があったのか、と逆に光秀を驚かせるほどの。

「なにを……」

言葉も続かない。

光秀はさらに言った。

「だが、俺はこの〝明智光秀〟という名は捨てぬ。これを守り、織田家の将として生きていくつもりだ」

ようやく我を取り戻した貞良は、嘆息して言った。

「十兵衛、金崎の件で心が折れたか。まずは落ち着け。いろいろとつらいこともあろうが、すべてはこの世を良きほうに導くため。わしはおぬしのその意気に打たれ、こうして共に歩まんと……」

「本当にそうか!?　おまえの目的は他にあるであろう。ここ何日も歩き回っていたのは、そのためではないのか！」

不意の光秀の言葉に、貞良の表情が固まる。やがて目が見開かれ、その瞳に光秀のにらむ顔がしっかりと映し出された。

その表情は、光秀の言葉を肯定していた。

言葉が止まる。

それ以上、どちらもなにも言わなかった。

やがて、一礼し、貞良は去った。


翌朝、光秀は貞良が出奔したことを知った。

5

「見捨てられたか」

貞良の出奔を聞いて、光秀が思わず漏らした一言であった。

庭先でその報告を受けると、そのまま光秀は屋敷の濡れ縁に座った。家臣が引き下がった後もじっと庭を見つめていた。時間が過ぎるのも忘れて。

とうとう陽が落ちても、光秀はまだ動かなかった。

空には雲がかかって、星はおろか、月すらも見られない。夏の虫たちがそんな月や星を乞うかのように、いつもより間隔短く鳴いている。

そんな中、光秀が考えていたことはただ一つ——

（貞良の口から俺の正体が漏れれば、俺は織田家にはいられない。今ならわかる。武士とはそういうものだ）

光秀の心の中はねとりと暗く粘っこいなにかに包まれてしまっている。考えを一つ進めるだけでもつらく、重い。

（噂はすぐに広まる。間違いなく、他家においても仕官はできぬだろう）

常に最悪の状況しか浮かばない。鈍い思考は否定的な方向にばかり進む。

（そのとき俺は……熙子や子らを連れて地べたに戻ることになろう）

浮かぶ光景すらも暗い。闇がすべてを覆っている。心も。未来も。

（そんな境遇に熙子や子らは耐えられるのか……？）

このとき、光秀がわかってしまった事態があった。

（いや……）

自らの弱さを思い知らされるため、自身、故意に考えなかったのではないかという、そんな状況。

（俺自身が戻れるのか？　地べたの民に……）

あの境遇にいたときからすでに十数年。地位も成し、家族もできた。手に入れてしまった自分が、すべてを手放せるのか。

（試さねば……）

合戦本番とは違う、あの草いきれを、あの血のにおいを、あの死臭を、もう一度味わってみなければならない。

そう思った光秀は、居てもたってもいられず、すぐに動くことにした。夜闇《やあん》などにかまってはいられなかった。


京を出て比叡山を過ぎ、琵琶湖畔を北上して行けば、そこはもう戦の最前線だ。

一人で行こうとしたのだが、危険だということで弥平次ともう一人小者がついてくることになった。二人には評定のための視察と言ってある。

小者が照らす松明の火を頼りに、馬で進む。夜道に馬を疾駆させるのは危険なため、人が走る程度の速度しか出ない。

それでも暗いうちに、昨日小競り合いが行われたという戦場までやってきた。比叡の山のそばで、斜面になっていて、水が流れる沢の音がする。近くの織田方の砦《とりで》と浅井方の砦の間で戦が起き、数人の雑兵が犠牲になったという。

そして、闇の中に彼らはいた。


「……！」

闇に動く人影。

一人ではなく、何人も。わずかな光に露出した肌が浮かび上がる。

死体漁りの者たちが、雑兵のほとんど銭にならないような武具を奪い合っていた。

時折見える表情は険悪で、欲を剝き出《むだ》しにしている。だが、それは光秀にはわかる。金銭欲ではなく、生きる欲なのだ。

それは自らがかつて見せていた姿だ。

だが——


「浅ましい」


口から漏れ出た言葉に一番驚いたのは、だれあろう光秀本人であった。それこそ、あの頃とは違う、現在の光秀が感じた素の想いであった。

この瞬間、光秀はわかった。わかってしまった。

(戻れぬということか……)

動揺した光秀は、思わず馬の腹を蹴ってしまう。

馬がいななき、周囲に響き渡った。

闇の中の者たちが一斉にこちらを向いた。

「馬だ！」

「あそこに武家がいるぞ！」

「殺せ！」

「剝いでしまえ！」

「金目のものをもっておるぞ！」

光秀たちに向かってくる姿は、まるで餓鬼道に落ちた亡者が食べ物に群がる様を想像させた。

(俺がいたのは地獄か……。そこに俺は戻れぬのではない。戻りたくないのだ)

弥平次が叫んだ。

「殿、お逃げください!」

「おまえも共に逃げるのだ!」

小者を走らせ、光秀たちも馬を疾駆させる。夜明け近くであったことが幸いした。琵琶湖の湖面の向こうから光がかかり、光秀たちが逃げる道を照らした。

馬の背に揺られながら、光秀は唇を噛みしめていた。

(俺は変わってしまった)

先ほどの者たちの姿と今の自分がどうしても頭の中で重ならない。

(地べたあがりのくせに、馬に乗り、武家の服をきてやがる。半端《はんぱ》な武士だ。武士と名乗ることすらも本当は憚られるのだ)

それでも、と声なき声で言い、光秀は前を向いた。

(この〝明智光秀〟の名を、地位を、出自を隠して守らねばならぬ)

家族の姿も浮かぶ。

(そのためには……)

光秀は馬の手綱を持つ手に、ひときわ力を込めた。

(貞良を、あの男をこの世から消さなくては!)

6

比叡山の山頂から炎が上がっていた。あちこちで鬨の声も響き渡る。

元亀二年九月、織田軍はかねてから対立していた比叡山延暦寺に対して攻めかかった。世に言う「比叡山焼き討ち」である。

同時刻、麓の坂本からも火が出た。

町が業火に包まれている。家々はまるで暗赤色の森に覆われたようになっていた。

琵琶湖はもちろん、瀬戸内海に至る舟運。東海道、中山道、北陸道など主要な街道から京に至る交通流通の要としての立地。延暦寺の寺内町として参詣者《さんけい》はもちろん多数の僧たちの宿坊としての消費。それらすべてからもたらされる莫大《ばくだい》な富によって築かれた町が、逃げられぬよう、軍勢に包囲され、燃やし尽くされようとしていた。

その坂本の町の包囲軍を指揮していたのは、光秀であった。

信長御前での評定で比叡山焼き討ちが決まったとき、いち早く声をあげたのは光秀だった。

「畏れながら!」

普段は求められねば決して声を出さない光秀だけに、諸将の顔にも驚きが浮かぶ。

信長はスッと光秀を見た。

阿吽《あうん》の呼吸で、小姓が叫ぶ。

「明智殿、言を許すとのこと」

光秀はにじり出て、強い口調で言った。

「延暦寺の僧らは、平生、山を下り、湖畔にて起居しております。これを踏まえ、山門のみではなく」

膝の上の拳を、爪《つめ》が突き刺さるほどにきつくきつく握る。

一瞬、見てはいないはずの金崎城の最期の刻の光景が想像された。

(地獄を起こすのだ……俺が……)

目を大きく見開き、光秀の口から震える声が出た。

「坂本も攻めるがよいと考えます」

光秀を見る信長の口許に、微《かす》かな笑みが浮かんでいた。

「その役目、この十兵衛めにお与えください」

信長は小姓を制し、自ら短く言った。

「許す」

光秀はその場で頭をこすりつけんばかりに平伏した。

阿《あ》鼻《び》叫喚《きょうかん》の光景が目の前で展開していた。

普段、虫を殺すことも躊躇する人間が、兵士となったとき、なんと残酷になることか。戦は人を狂わす。いや、狂人にならねば、組織的な殺戮《さつりく》などできぬということか。

火におびえ、逃げ出してきた住人を、包囲していた兵たちは遠慮なく鉄砲や弓を撃ちかけ、槍で突き殺した。

それを本陣の陣幕から外に出て、光秀は平静さを装って見ていた。

(あの金崎では、俺の夢のために千人の人間が死んだ)

死んでいく住人の悲鳴が光秀の耳にまで届く。

(それなのに、俺はその夢を捨てた)

光秀の表情は変わらない。

(今度は残った〝嘘〟を守るために、俺は何千人もの人間を殺そうとしている)

女も子供も老人も、火の中で死んでいく。恨みの声を発した者も多々いたであろう。けれど、光秀は動じなかった。

(いくら御家のためであるという大義名分があろうとも、この業はすべて俺にのしかかるだろう)

我知らず力がこもったのであろうか。両手で持っていた軍配が軋む音をたてた。

(けれど俺は自らの意志でこの業を受ける)

不意に光秀の脳裏に、微笑む熙子の顔が浮かんだ。

(この地獄が……俺の〝嘘〟を……我が家の幸せを守る。恨みの沼に囚われようと、もはや後悔はせぬ)

光秀は大音声を響かせた。

「僧俗、すべて根切りいたせ！　織田家のためなるぞ！」

おう、という兵士たちの声が続いた。

それを聞き終えると、光秀は炎に背を向けた。

傍らに控えていた弥平次に言う。

「しばし奥で休む。だれも入ってきてはならぬ」

「はっ」

一瞬、怪訝な顔をしながらも、弥平次は主の言葉にうなずいた。

陣幕に囲まれた、大将の控えの間に入ると、光秀は急ぎ甲冑《かっちゅう》を脱ぎ始めた。

(あの男は必ずここにいる。俺にはわかる。俺を待っている)

直後、光秀の姿は本陣から消えた。

7

貞良の庵に火は回っていなかった。

周囲の阿鼻叫喚の地獄から切り離されたように静かにたたずんでいる。

庭から見えるのは琵琶湖と坂本の町だ。だが、前と違うのは、そのどちらも朱に染められていることだった。坂本は火で、湖面はその火を映して。

その庭に光秀は立っていた。手には紫の布袋を持っている。その姿は、ただの十兵衛としてかつて諸国を放浪していたときは見慣れたものだった。紫の布に包まれていたのは、長良川河畔で手に入れた鉄砲であった。

光秀は土足のまま濡れ縁に上がり、荒々しく障子《しょうじ》を開いた。

「来たか」

貞良が落ち着き払って座っていた。目の前には今点《た》てたばかりであろう茶まである。

光秀に驚いたそぶりはなかった。

「俺が来るのがやはりわかっていたのか」

気張った光秀の物言いに、貞良の顔に笑みが浮かぶ。それはあたりまえだとでもいうような自信にあふれた笑いだった。

「この庵の周辺にだけは火矢が飛んでこぬ。ということは、このあたりは燃やすなとの命が出ているということだ。それを出すのはだれかな。わしがここにいることを考えたおぬし以外あり得ぬ」

「そのとおりだ」

「では、なぜここを燃やさぬか。わしがどさくさに紛れて逃げ出すのを防ぐためであろう。火が付き騒ぎになれば、かえって逃げやすくなる」

「町は完全に兵たちに包囲されているぞ。逃げる者はだれかれ構わず殺すよう指示も出してある」

　ふっと貞良は笑った。お互いにわかりきっている問答をやることに滑稽さを感じたようだった。

「比叡の御山のほうが空いているではないか。そこに逃げさせて他の隊に始末させようという魂胆だな。しかし、わしならば、いくつも間道を知っている。抜け出すくらいわけない」

　光秀はなにも言わなかった。そのとおりであり、そのくらいのことは光秀もわかっていた。

「最後に、なぜおぬしが一人でくるのがわかっていたか教えてやろう。だれかを連れてくれば、その者にわしが秘密をもらすことを恐れておるからだろう」

「俺の家来どもは実直だ。おまえより俺の言うことを聞く」

「だがそう言いながらもおぬしは最後の最後で自信が持てなかった。それは正しい。人とはそういうものだ。今は信じていてもいつかは猜疑心が勝ち、疑いをもってしまう。まさにおぬしのように」

「…………」

「よくぞ更なる業を背負う気になったたな。金崎よりもたくさんの人間が死ぬぞ。おぬしのせいで。ただ一人、わしを消したいがために」

　光秀は改めてその場に胡座《あぐら》をかいた。持っていた布袋は手から離し、自分の横に置いてしまった。

「どうした、鉄砲を構えぬのか？　まあ、撃つのならば最初に撃っておるか」

　貞良は落ち着いている。貞良は横に刀を置いていたが、こちらも手はかけていない。

「一つ聞きたいことがある」

光秀はにらみつけるように貞良を見た。

「ふむ」

貞良は穏やかな顔のままだ。

「なぜ俺を選んだ？」

光秀は、かつて貞良に投げかけた言葉をもう一度ぶつけた。そのときの貞良の答えは、光秀の理想への熱い想いに共鳴した、というものだったが、今はもう光秀はそれを信じてはいない。

（俺の言葉を聞くまえから、こいつはだれかを探していた。そして、俺を選んだ）

光秀はさらに強く言った。

「だれでもよかったのではなかったのか!?」

貞良は身を乗り出して、にんまりと笑いながら言った。

「だれでもよかった」

だが直後に「いや」と続ける。

「だれでもというわけではないか。前を向いて、自らの思いを成そうとがむしゃらに生きている人間ならば、だ」

「なるほど。確かに俺だ」

あの頃を思い出して、妙な納得感があった。

光秀はじっと貞良を見つめ言った。

「おまえの本当の目的はなんだ？　俺のような者を前に押し立てて、おまえはいったいなにをしようとしていたのだ」

「ここに至っては、知りたくば教えよう」

笑みを浮かべようが、貞良はあくまで冷静だった。つかみ所のなさは、この状況でもまったく変わることがない。

「おぬしにはわからぬかもしれぬが、武士として、家としての誇りを取り戻すためだ」

貞良は言葉を選びながら、ゆっくりと語っている。

「義輝様は我ら伊勢の家から代々続けてきた政所執事の座を奪ったのだ。なんの落ち度もなかったというに」

十三代将軍足利義輝は、当時の幕府の実力者である三好修理大夫《しゅりだいぶ》長慶と組んで、貞良の父である貞孝を追放した。表向きは義輝が京を追われていたときも、京を占領した六角氏のもとで政所の仕事を続けたからと言われている。

「我らは表立って領地の配分を求めたことなどない。ただただ真摯《しんし》に寄せられる訴訟に向き合っておったただけだというのに」

「それだけではあるまい」

光秀が言った。

貞良は笑みを弱め、光秀を見た。

「公方様は気づいておったのではないのか。実はおぬしたちこそが、真の権力者であったことに」

貞良はなにも言わず、光秀の言を聞いている。

「数代にもわたって伝えられた幕府の庶務は、もはや伊勢氏でなければ御しがたい。それゆえ、たとえ将軍であろうと政所に口出すことができなくなったのではないか。つまりは、御所はおまえたち伊勢氏がおらねば成り立たぬ、と」

貞良はまだ黙っている。が、その顔から笑みは完全に消えていた。

「それを義輝様は変えようとした。仇敵《きゅうてき》であった三好修理大夫殿と組んだのも、そのためとは言えぬか。それほど義輝様はおまえたち伊勢氏を恐れていたのだ」

「ふん」

貞良は鼻白んだように声をあげた。

だが、光秀は言葉を止めない。

「裏に回って権力を握る……それが伊勢氏の伝統か」

光秀は貞良をにらみつけた。

「表立って手は汚さない。将軍や管領の座を狙うことなどしない。が、真の権力は握る。それがおまえたちの心を満たすというわけか」

自分こそが天下を動かしているという自尊心。それこそが伊勢氏代々の、そして貞良の行動原理であったのだ。

光秀と貞良の視線が交わる。力のこもった目と目がぶつかり合った。

やがて、貞良がふたたび笑みを浮かべ、言った。

「義輝様がお亡くなりになったときは、まさに天から与えられた好機と思ったよ」

だが、光秀には信じられなかった。

「本当に天から与えられた好機か？　おまえが裏でなにかをしたのではないのか？　だれかをそそのかしたのではないのか？」

貞良は沈黙の笑みで答えた。それは事実を肯定していた。

「………………」

外は未だ阿鼻叫喚の地獄が続いている。しかし、ここはそれとは真逆な冷たさに覆われていた。

「一つだけわからぬことがある」

光秀が言った。

「俺を見つけ、俺を捨《す》て駒《ごま》に使い、おぬしは権力の裏側に入り込むつもりであったのだろう。なぜ、いつまでも俺を使い続けた？」

光秀の疑問はもっともだった。光秀が動くことで足利義昭を助け出すことができた。さらには織田家とも繫がった。そのとき、光秀を捨て、義昭なり、信長なりに直接取り入ることはできたはずだった。結果がどうであったとしても。そして、貞良の有能さなら、すぐに使われたであろう。

それなのに、というわけだ。

これに対し、貞良は興味深そうな目で光秀を見た。光秀がわからぬことを楽しんでいるようだった。

「わからぬか」

「わからぬ」

「ふっ、そこがおぬしの恐ろしいところよ。自分では気づかず才を持つところが」

「なにを言っておるのだ!?」

この庵に来てから、初めて光秀は狼狽《ろうばい》した。自分に才がある？　そんなわけがないと頭が強く否定していた。

「十兵衛、おぬしは気づいていないであろうが、わしの言ったことをすべてやり遂げておったのだ。無論、それはわしとしては目指す方向だ。しかし、考えてみれば、なんと恐るべきことか」

貞良は言った。

「有職故実にしろ、わしが教えたことをおぬしは真綿が水を吸い込むように、すべて会得してしまった」

続ける。

「侍たちに交ざり、義昭様を救い出した」

度胸があるという。

「信長とは、一度の対面で見事に信を得た」

信用があるという。

「京の奉行人となっても、臆《おく》することなく、公家や諸処の侍と対等以上に付き合った」

才知があるという。

「本國寺では、嫌がる義昭様を説得し、本陣にお連れした」

決断ができるという。

「金崎の退き口では、結果的に生き残り、織田家における、さらなる高い地位へと自らを昇らせた」

そして、なによりも運があるという。

確かに、光秀は貞良の言ったことをすべて完遂した。金崎のような心の折れることもあったが、それでも表面的には有能な武将という面目を保っている。

「いとも容易くとは言わぬ。けれど、おぬしは確実にその道を見つけ出す。そんなことができる人間であったことに、わしはそのうち恐怖すら感じるようになっておった」

「…………」

褒められたこそばゆさなどなかった。光秀にあったものは困惑だけだった。

「十兵衛よ、ここまですべてを明かしたのだ。そのうえで言う。わしともう一度組もう」

貞良の言葉を光秀は唇を噛みしめたまま受け止めた。なにも声は発しない。

「わしにはおまえが必要なのだ」

「隠《かく》れ蓑《みの》としてか」

「嫌味を申すな。おまえにとってもわしが必要ではないか？　権謀術数に長け、汚れ仕事をやってのけるわしが」

　貞良は熱く語る。

「信長を殺せというのは撤回する。このまま織田家でおまえが出世するのを助けてやる。おまえはそれで自分の理想を目指せ。わしは、ただ国の諸事を差配できればそれで満足だ」

　光秀が聞いてきた中で、一番熱い口調だった。貞良の興奮が伝わってくる。貞良は先を見ていた。光秀と改めて組むことで、本当に覇権がとれると思っているようだった。

「どうだ？　おまえにとって悪い話ではないぞ。なんと言っても秘密が守られる。わしが喋らなければおまえの出自は永遠に他人に知られることはない」

　だが、慣れぬ興奮は、貞良の冷静さを一瞬だけ取り去った。貞良は言ってはいけないことを口に出していた。

「わしの力でおまえはさらなる高みに昇るのだ。もはや地べたを這いずり回っていたなどという、薄汚れた過去は消し去って」

　その言葉を聞いたとき、光秀は確信した。目の前の男は、出逢ってからこの方、ずっと自分のことを蔑《さげす》んでいたのだ、と。

　そして、その思いは間違いなく、生涯変わることはなかろう、と。

「どうだ、十兵衛」

「やめておく」

「なに!?」

「やめておくと言ったのだ」

その強い言葉が光秀から放たれたとき、貞良の顔は氷のように固まった。心の冷静さがすべて顔に浮き出したようであった。

「十兵衛！」

貞良の顔に初めて怒りが浮かぶ。

「わしはおぬしを殺したくないから言ったのだぞ。おぬしを破滅させたくないから手をもう一度差し伸べたのだぞ。おぬしの才をさらに世に出してやろうと……」

光秀はその言葉をさえぎるように叫んでいた。

「上下無き世は俺の無知ゆえの幻だった。けれど、せめて俺は蔑まれずに生きていきたい！　見下されたまま生きるなど、まっぴらごめんだ！」

「十兵衛、わしは武士ぞ！」

貞良が刀に手をかける。

「刀を扱えぬおまえをここで殺すことなど造作もないことよ！　考え直せ！」

「いやだ。俺はおまえから自由になる。おまえが死ねば俺の〝嘘〟は守られる。それが俺の望みだ！」

十兵衛も布袋を手にとった。

貞良が嘲《あざけ》りを顔に浮かべた。

「火縄に火が付くには時間もかかろう。一人で来たのは間違いだったな、十兵衛」

貞良は刀をゆっくりと抜こうとした。

「死ね！」

そのときだった。

光秀は布袋の先端をそのまま貞良に押しつけたのだ。

貞良が刀を抜く前に、肉にめり込む鈍い音が聞こえた。

「……！」

貞良の目が見開かれる。

紫の布袋の先からは抜き身の刃が見え、それはまともに貞良の心臓を貫いていた。

胸から鮮血が噴き出す。真っ赤なそれは貞良の口からもあふれ出てきた。

「馬鹿な……鉄砲のはずでは……」

紫の布袋が落ちると、そこには鉄砲の形の木型にくくり付けられた、抜き身の日本刀が現れた。

「鉄砲に見せかけたのは、おまえの油断を誘うためだ。余分にもう一つくらい嘘をついても、落ちる地獄は一緒だと思ってな」

光秀は刀の柄《つか》を握り、さらに深く貞良に突き刺した。

「俺は武士として生きる」

怒りと血で顔を朱に染めながら、貞良は言葉をひねり出していた。

「わしを……殺して……代わりなどだれも……わしがおらねば……おぬしなど……」

「俺もそう思う。おまえの代わりはだれも務まらぬ。俺の代わりなどいくらでもおろうが……」

貞良は身体を大きく仰《の》け反《ぞ》らせた。

そのまま床に落ち、動かなくなった。周囲を血が埋めていく。

その光景を見つめながら、光秀は苦悶の表情を浮かべていた。

「これで俺の夢は完全に潰えた……。心の隅《すみ》にあった夢への望みもここにすべて捨てる。塵《ちり》の一《ひと》欠片《かけら》に至るまで」

光秀は囲炉裏の火を障子に移した。床の血に負けぬ紅い炎が一気に広がった。

「後は、この〝明智光秀〟という嘘を抱えて生きていく。この〝嘘〟を守ることで、小さな幸せが守れるならば、もう俺はそれだけでいい」

光秀は庵を出る前に、最後にもう一度倒れている貞良を見た。

貞良の身体がとてつもなく小さく見えた。

かの庵は、坂本の町とともに焼き尽くされた。

もはや何の感慨も光秀にはなかった。

第六章 『本能寺』

1

比叡山焼き討ちの後、坂本のある近江滋賀郡は光秀に与えられた。今までの領地に倍する加増であり、織田家中一の出世頭となったと言ってよい。

光秀は焼失した坂本の地に居城を建てた。近くには古くから栄えた大津や、その他交通の便に長けた候補地は数多《あまた》あったが、光秀は坂本にこだわった。

この行為は、「織田家に対抗する勢力に対する示威行動」とも、人によっては「坂本の死んだ民草への鎮魂」とも言われたが、光秀自身の理由はまったく異なるものだった。

それは「呪縛《じゅばく》」であった。

金崎では、兵を犠牲にして生き延びたが、それは自らが企図していなかったこと。だが、ここ坂本では自らの意志で、住人たちを巻き添えにして、〝嘘〟を守った。その事実を光秀は自らの呪縛にすることで、〝嘘〟そのものを重い業としたのだった。

(俺にとって、もはやこの〝嘘〟を守ることこそ人生だ)

人生のために、思い描いた未来のためについた〝嘘〟であったはずが、いつしか〝嘘〟そのものが光秀のすべてとなっていた。たかが出自の詐称《さしょう》と言うなかれ。貴種を好む同時代人にとっては非常に重要なことであり、それこそが光秀という存在を形作る土台となってしまっていた。それはさらに、光秀のまわりの人間たちを、妻を、子を、家臣を守るためのものでもあった。

天正四年（一五七六年）、光秀の妻、煕子は病の末、身罷《みまか》った。そのとき、光秀は、子らや家臣、奥女中がいる前で人目も憚らず、遺骸《いがい》にすがりついて大泣きに泣き伏したという。

天正九年（一五八一年）、この頃までに光秀は、丹波《たんば》（※現在の京都府北部）攻略を成功させ、石高で言えば四十万石近い大大名になっていた。

日ノ本統一を着実に進める信長は、この年の盂蘭盆会《うらぼんえ》において、新たなる居城安土《あづち》を何千もの提灯《ちょうちん》で飾り付け、自らの権力を誇示した。その豪華絢爛《ごうかけんらん》さは、日本を訪れていたポルトガルの宣教師たちも記録に残すほどであった。

同じお盆でも光秀が行ったものは、より鎮魂の意を強くしたものだった。光秀は坂本城前に広がる琵琶湖岸で、迎え火と送り火を行わせた。無数のほのかな火は派手さより厳《おごそ》かさを感じさせた。

坂本城の本丸御殿の一角に、小さな庵があった。障子を開け放つと、全面に琵琶湖が見える。光秀は仕置きのないときは、日がな一日この庵に籠もっていた。それが貞良の庵とまったく同じ造りであり、向きまでも同じことを知る者はいなかった。

お盆の日の夜、光秀はこの庵の濡れ縁に座って、琵琶湖を見つめていた。

最終日のため、湖岸で焚かれていたのは送り火であった。地上に戻ってきた霊たちが天に昇る道標とされる。

「そろそろおまえも戻るのか、熙子」

光秀は一人酒を手に、琵琶湖の火の光に向かって語りかけた。

「おお、すまぬ。茅だったな」

酒に酔っているから、ではなく、光秀にだけは暗がりの中に熙子の姿が見えていた。送り火の光の中の熙子は微笑んでいた。

「お玉が与一郎《よいちろう》殿に嫁いで、はや四年になる。無事、嫡男をあげたぞ」

光秀と熙子の間に生まれた三女の玉は、信長に命じられ、細川兵部大輔藤孝の嫡男、与一郎忠《ただ》興《おき》に輿入れした。

「与一郎殿との間も仲睦《むつ》まじく、お玉は果報者だ。生涯与一郎殿に大切にされるであろうよ」

細川家は信長によって光秀の寄子《よりこ》とされていた。足利義昭救出の際、天と地ほども差があった藤孝と光秀の関係は、今や完全に逆転していた。

「大丈夫だ。俺の〝嘘〟はばれてはいない。筋目正しき良縁と称《たた》えられたほどだ」

そこまで言って、光秀はふうとタメ息をついた。

「歳をとれば、〝嘘〟など気にもならなくなるかと思ったが、どうしてどうして。そのような心境にはならぬ。むしろ、怖くて仕方がない」

光秀は杯を傾け、一気に呑み干した。

「おまえが先に逝き、守るべきものが減れば楽になるかと思いきや、これまた、まったくならぬな」

周囲では、すでに鈴虫や蟋蟀《こおろぎ》が鳴いている。それほど多くはないが、訪れる秋の恵みを喜んでというよりは、去り行く夏を偲《しの》ぶ声に聞こえた。

「要するに俺は弱くなったのだ。〝嘘〟がいつ露見するかと、おびえる毎日よ」

なんとも言えぬ寂寥《せきりょう》感に光秀は包まれていた。

「人は俺のことを『隙のない御仁』と呼ぶらしい。おびえすぎた結果、誰からも指さされぬよう、常に先回って動くからだな」

光秀は自嘲《じちょう》気味にフッと笑った。

「『惟任』という姓と、『日向守』という官位、どちらも大層なものを朝廷からもらった。この明智光秀が、実は日々、裸の人間として、おびえ震えているとしたら、庶人はどう思うことか」

送り火が一つ一つ消えていく。徐々に周囲の闇が濃くなっていく。

「愚痴《ぐち》を言っても詮《せん》ないことだが、なぜ俺はこのような大事になる〝嘘〟をついたのだろうな。もっとも……」

光秀は先ほどよりも光のなくなった暗がりを見て言った。

「嘘をつかねば、おまえに出逢うこともなかったろうが」

光秀は杯を仰ぐ。酒もそれで終わりのようだった。

「行ったか……」

最後の送り火が消え、あたりは闇に包まれた。

「これからも、〝嘘〟を守るために、俺はどんなことでもするつもりだ」

光秀はしばし動かなかった。真っ暗な中で呆《ほう》けたように夜空を見ていた。雲が出てきたのか、星の瞬きはそれほど多くはなく、それも消え、やがて真の闇が訪れた。

突然、目を見開き、言った。

「秘密を知っている者は、消さねばならぬ」

闇の中で光秀は、闇よりも暗い瞳をしていた。

「貞良までも手にかけたのだ」

光秀は手にしていた杯を地面に叩きつけた。粉々になった杯の欠片が飛び散る。

「絶対に」

その欠片もまた闇の中に吸い込まれるように見えなくなった。

2

比叡山焼き討ち、浅井朝倉の滅亡、長島一向一揆の殲滅、武田家との長篠《ながしの》の合戦に勝利、本願寺退去による畿内の制圧、と織田家は躍進を続け、将軍足利義昭を追放し、その後朝廷に認められたことで、信長は天下様を意味する「上様」と呼ばれるようになっていた。

この織田家の覇権については、一つには当主である信長の卓越した指導力、二つには上洛以来、京や堺のある畿内を押さえ続けたことによる経済力、三つに、光秀や羽柴筑前守《はしばちくぜんのかみ》秀吉のような有能な諸将を有するという人材力、こうした優れた力があったがゆえといえた。

もっとも最前線で働く光秀からすれば、いや織田家の諸将すべてが思うことはただ一つ——

(上様という人間が大きすぎる。あのような方は日ノ本の長い歴史の中でも、初めての傑物であろう)

信長に対する圧倒的な畏怖であった。

この家中すべてを恐れさせる当主には不思議な癖《くせ》がある。

家臣の前で、信長はほとんど自分で喋ることはない。気の利いた小姓を抜擢《ばってき》し、その者に自分の代わりに喋らせる。もちろん、その意見はすべて信長自身の考えであるのだが。

当初、光秀自身、信長のこの行為は、一種の奇行であろうと思っていた。

だが、今は違う。

(上様は無駄なことはしない)

信長からすれば、配下の者と口をきくことすら無駄な行為と思っているのではないか。そして、口をきかずとも家中を統べ、正しき方向に導くことにより、彼の神秘性が強調され、いかなる者も簡単には意見を言えぬ存在と化していた。

(恐ろしい……)

光秀にしてみれば、信長とは「無言の覇王」であり、なにを考えているのかわからない、得体の知れない恐怖があった。

(上様は絶対的な強者なのだ)

織田家は信長の言うとおりにして、ここまでやってこられた。

(ただ、上様に従うのみ)

光秀は疑いを微塵も混ぜず、そう思うようになっていた。


この頃、信長の考え方を殊更印象づけた出来事があった。天正十年(一五八二年)二月に始まった「甲州征伐」である。

信長の嫡男、織田左中将信忠の指揮する織田軍は、信濃木曾谷《しなのきそだに》の領主、木曾義昌《よしまさ》の手引きで、武田領内に雪崩《なだ》れ込んだ。

織田軍の勢いを見て、武田家家臣からは寝返る者が相次ぎ、追い詰められた当主、大膳大夫勝頼《だいぜんだいぶかつより》は、甲斐領内の天目山《てんもくざん》で自刃した。これにより戦国大名武田家は滅亡する。

戦後の論功行賞で、武田家重臣であった小山田越前守信茂《おやまだえちぜんのかみのぶしげ》の処遇が問題となった。

小山田越前守はいっさい織田方に内通などしてこなかったが、勝頼主従を己が城に迎え入れるとの約定を直前になって破り、結果的にそれが武田の運命を決めた。

若い左中将信忠にしてみれば、極めて不忠であり、許しがたい所業であった。切腹も許さず、斬首《ざんしゅ》に処すべし、と言い放った。

だが、小山田越前守は逃げ隠れもせず、堂々と左中将信忠の陣にやってきて言った。

確かに自分は武田家を裏切った。主君に対して不忠であったことは間違いない。しかし、御恩と奉公の関係が崩れたとき、それを理由に他者へ鞍替えすることは、武士としてあたりまえのことではないか、と。

実際、早々と織田に寝返った者たちは許され、それどころか恩賞すらもらっているとの指摘は正しく、左中将信忠も、その周囲の者たちも返答に窮した。

「同じ裏切りであり、戦の世の常ではないか」

なるほど、確かに小山田越前守の言うとおり、不忠をもって咎めれば、先に降《くだ》った者たちも皆不忠であり、咎めなければならない。

ここに至り、左中将信忠は、父である信長の到着を待つことにした。

織田軍が武田家旧領をすべて占領した後、信長は甲斐に到着した。

数々の報告を受ける中、信長は自ら小山田越前守を召し出した。

信長の本陣に通された小山田越前守信茂は、平伏して信長を待っていた。左中将信忠、光秀をはじめ、諸将もそろっていたが、だれも言葉はおろか、咳《せき》も発しない。まだ信長がいないにもかかわらずである。

「上様の御成である」

顔を上げた小山田越前守は、先の陣とは違う周囲の雰囲気を感じ取ったのか、一瞬怪訝な表情をした。

光秀はじっと観察するように小山田越前守を見ていた。

(上様がいるだけで、この緊張感……他国の武将は耐えられるか)

信長はじっと小山田越前守を見つめている。にらみつけるような視線ではない。静かな視線であり、それがかえって、なんとも言えぬ怖さを醸し出していた。槍の穂先に立たされたような、気を抜けば全身貫かれてしまう、そんな緊張があった。

最初は信長の視線を受け止めていた小山田越前守であったが、その額からは汗が噴き出している。完全に気圧されていた。

信長が軽く指を動かす。信頼篤い小姓の森蘭丸《もりらんまる》が、信長に倣ってか、静かな声で言った。

「小山田越前守、申し開き候《そうら》え」

それを聞き、小山田越前守は先に左中将信忠の陣で述べたことをふたたび口にした。だが、そのときよりも、どこか焦りが感じられる口調であり、途中興奮したような熱を帯びていた。

「武田大膳大夫様の御恩に対する奉公は十分でありました。長らく戦の費用は、もはや家中や領民が耐えられぬほどに達しており、背くことに、何の躊躇も持たぬものでありました」

言い終えた小山田越前守は肩で息をしていた。焦りはあったが、その熱のこもった堂々とした態度は、居並ぶ織田家の諸将にも、ある種の感動を与えていた。

だが、一人光秀は小山田越前守を見ていなかった。光秀の視線はずっと信長のほうに向いていた。

信長の表情はいっさい変わっていない。

（上様は……）

森蘭丸がなにかを言いかけるが、信長はそれを手で制した。

「越前」

自ら口を開いた信長は意外な言葉を吐いた。

「嘘だな」

唖然となる小山田越前守に、信長はさらに光秀たちの想像を超えた言葉を投げかけた。

「大膳大夫を裏切る気はなかったであろう」

小山田越前守はなにも言えず、ただただ信長を凝《こ》り固《かた》まったように見ている。顔も驚愕の表情のまま固まっていた。

信長は続けた。

「だが、一族郎党に促され、己に嘘をついて、主を切り捨てた。皆の命を救い、家の存続を考えてのこと」

小山田越前守の沈黙は、信長の言葉を肯定していた。

普通ならば、自らの我を捨て、汚名もかぶり、家族、一族、家臣のために決断した小山田信茂は、慈悲深き善人と称えられてもおかしくない。

（しかし、それは……）

光秀にはわかっていた。信長という人間がどう考えるのかが。

信長が立ち上がった。手には小姓から流れるように手渡された太刀が握られている。

「美しくはない」

そのまま一気に小山田越前守に近づき、袈裟懸《けさが》けに斬り捨てた。

（上様の美学に反するのだ）

小山田越前守は声を出す間もなく、前のめりに倒れ込んだ。床には真っ赤な血が広がっていく。

「己を捨て、他人の言に流される惰弱な魂をわしは認めぬ！」

強い言葉がそこにあった。

森蘭丸が小山田越前守に近づき、その首を打ち落とした。

「人として弱き者は、我が家中にはいらぬ」

信長はすでにいつもの冷静さ、怜悧《れいり》さを取り戻していた。

光秀は自分の手足が冷たくなるのを感じていた。

（小山田越前守は俺だ）

理想を捨て、夢を捨て、家族や家臣を想い、保身のため、恩人すら切り捨てた。それは、自ら強く思ったことだったのか。ただ、流されてそこにたどり着いたのではなかったか。

光秀はふたたび信長を見た。

（上様はいっさい己に恥じることなく生きておられる。自らの道を信じて。そして日ノ本統一という途方もない夢を達せんとしておられる）

そんな信長に自分の〝嘘〟が知られたとき、どう思われるのか。

すでに小山田越前守の死体はなかったが、流れ出た血が分厚く残っていた。光秀はその血が自分から流れたような錯覚に陥っていた。

（俺は……美しくない）

その日から、光秀は信長のほうを見ることができなかった。

3

安土城は、琵琶湖の南東岸、湖の中にせり出した安土山に築かれ、天正七年（一五七九年）には地上六階建ての煌《きら》びやかな天主（天守）が完成し、信長が移り住んだとされる。後年の城においては、天主はあくまで象徴的なもので、櫓というより倉庫のような形で利用されたが、信長はこの天主で寝起きしていた。

さらに安土城は、防御を主眼とした他の城とは違い、麓の大手門から天主までまっすぐな大通りが造られていた。兵の侵入を阻止するという点では、非常に不合理な縄張りだが、これにより、門に立ったとき、壮大な天主が真正面に見え、畏怖すら感じさせる光景が現れた。

「上様は、まさに〝上《かみ》〟の極みか……」

光秀は初めて安土城を訪問し、天主で生活する信長のことを知ったとき、驚きよりも恐れがあった。

城下で暮らす庶人はもちろんのこと、山腹に屋敷を与えられた家臣たちも、常に信長を見上げて日々を過ごすことになるのだ。さらには城内にある摠見寺《そうけんじ》に信長は自らを御神体として祭らせたという。

（神におなりなのか、あの方は……）

かつて、〝上下無き世〟を目指した光秀にしてみれば、信長による天下統一という、最上位の者を創《つく》り出《だ》す事業に加担していることは、皮肉以外のなにものでもない。

しかし、今では、「明智光秀」という嘘の保持、それは言い換えれば自らの保身だが、そのためには仕方のないことだと考えていた。

（俺は、上様がより高みに達することをお助けする。凄まじく上下に差のある天下を作ることになろうとも）

光秀の忠は、信長と同じ方向を向いているという意味では、本物であった。


天正十年（一五八二年）五月、光秀は信長から徳川《とくがわ》三河守《みかわのかみ》家康《いえやす》の饗応《きょうおう》役に任命された。

この年、武田を滅ぼした甲州征伐において、徳川家は駿河《するが》の領有を認められ、その礼を言上するため、家康は安土を訪れていた。

この任を光秀はそつなくこなし、饗応された家康はもちろん、命じた信長からも高い評価を受けた。

だが、光秀は饗応中もすでに次のことを考えていた。

（上様は我らを筑前のもとに遣わされるであろう）

筑前とは羽柴筑前守秀吉、かつての木下藤吉郎のことである。秀吉は今、中国地方攻略の命を受け、当地の大大名、毛利《もうり》家と備中《びっちゅう》国高松においてにらみ合いを続けていた。

このとき、毛利方の高松城を落とすために秀吉がとった戦法が「水攻め」であった。これにより城は孤立し、慌てた毛利本家は後詰めとして、領国に総動員令をかけることとなった。

毛利との一大決戦が迫っていたのである。

(毛利に勝てば日ノ本の覇権はほぼ決まる。関東の北条《ほうじょう》も、九州の諸大名も上様に誼《よしみ》を通じ、生き残ることに必死となろう)

いや、四国も奥羽も、と光秀は心の中で続けた。すべての大名は、雪崩を打って織田家に降るのは間違いない。

(これほどの戦い、上様自らが出陣なさるであろう)

ここまで先を読み、光秀は結論を得たのだ。

(上様出陣となれば、諸国に動員をかけたとしても整うまでにはしばし時間がかかる。その間、筑前の援護として、必ずや我らに命が下るはず)

光秀は、すぐにでも出陣したかった。

が、信長は家臣の独断専行を憎む。どんなときでも信長に事前に下知をもらう必要があった。

(先走りすぎてはならぬ。いかなることでも、緩《ゆる》みを見せぬよう心がけねば)

光秀は、信長の小姓や側近たちに心付けを欠かさず、情報を得て、いつでも動けるよう準備に余念がなかった。

やがて、五月十七日になって、光秀は信長から呼び出しを受け、そこで、対毛利へ出兵を命じられた。すべては光秀の予想どおりであった。

この時点で光秀ほど信長の考えがわかっていた人間はいなかったろう。織田家での出世は信長をどこまで理解したかにかかっていた。そのことが誰よりもわかっていた光秀は、さらに完璧を期すべく、ある事柄について信長の判断を仰ごうとした。もちろん、それについての信長の答えもわかっていてのことだった。

「一つ気がかりなのは」

この問いかけが、その後の運命を変えた。

「備後《びんご》鞆《とも》におわせられます前公方様のこと」

前公方とは、信長によって追放された、室町幕府最後の将軍足利義昭のことであった。義昭は京を追われた後、毛利に匿われ、備後の鞆に滞在していた。ここで各地に御教書を送り、盛んに反織田活動を繰り広げ、後世、鞆幕府とも呼ばれた。

「前公方様は御血筋尊き方。むげに扱うわけには参らぬかと……」

こうは言上したが、光秀には信長から出されるであろう指示はわかっていた。

(無視せよと森殿に言わせるはず……)

そのときだった。

信長が小姓たちに目配せせず、いきなり、自ら、低く、それでいて通る声で言った。

「血筋などなにほどのことやあろう」

その冷たき声に、光秀は心臓を突き刺されるような感覚を味わった。まるで自分のことを言われたような錯覚に陥ったのだ。

「そのようなものでわしは人を評したことはあらず」

まったく異例のことだった。信長自らが平素のことで光秀に語りかけている。

(なにか俺の言葉で気に障《さわ》ったことでもあったのか)

光秀はおそるおそる信長を見た。

信長は微笑んでいた。冷たき笑みではなく、どこか悪戯っぽさを感じさせるような微笑みだった。

(まさか俺のことでなにか知っていて、それをおもしろがっている? まさか……)

だが、それは間違いではなかった。

「日向よ」

なんと信長は、立ち上がると、そのまま光秀のもとまでやってきて、腰を落とし、耳元でささやくように言った。

「わしは知っておる」

光秀は凍《こお》り付《つ》いたように動けなくなった。その言葉の意味するところが、即座に理解できたのだ。

驚愕したまま面を上げると、すぐ目の前に信長の顔があった。

「嘘をつき続けて疲れやせぬか」

信長の口が確かにそう言った。

それを聞いた瞬間、光秀の脳裏でさまざまな思考が飛び交っていた。


（なぜ気づかれた？）

（いつから知っていたのだ？）

（だれかが漏らしたのか？）

（それはだれだ？）

（ご自身で知った？）

（どうやって？）

（なぜ？）

（なぜ？）

（なぜだぁぁ？）


光秀は完全に恐慌状態にあった。

そして、光秀は見てしまった。

信長の顔にまだ笑みが浮かんでいるのを。それが光秀には嘲りに見えた。

「…………」

光秀はただただ凝り固まり、身体は小刻みに震えていた。信長の笑みが光秀にもたらしたのは、恐怖だった。

光秀は床に顔を伏した。

「励め」

直後、光秀の耳に聞こえたのは、その一言だった。

光秀は額を床にこすりつけ、そのまま信長が去るまで動かなかった。いや、動けなかった。

(終わった)

と、思った。

夜が迫っている。

琵琶湖の西の山々に陽が沈もうとしていて、赤と橙《だいだい》の入り交じった光を周囲に放っている。

天主から大手門に繋がる道で、主君である光秀を待つ侍がいた。かつて弥平次と呼ばれた、明智左馬助秀満は、目に飛び込んでくる夕陽に耐えていた。

やがて、真っ赤な夕陽を浴びて、光秀の姿が現れた。このとき陽の眩《まぶ》しさのあまり、光秀の顔をよく確認できなかった左馬助だが、もしわかっていたら、驚愕しただろう。

光秀は生涯で最も蒼《あお》い顔をしていた。いや、もはやそれは白いと言っても過言ではない。蒼白《そうはく》とはまさにこのことを言った。

血の気の引いた顔で、光秀が思っていたのは、今や彼の生き方の基本となっている、あの考えだった。

（〝嘘〟は守らねばならぬ）

これを変えるわけにはいかない。あらゆる障害は取り除かねばならない。

そこから導き出される結論は――

「上様を……」

それを止めることはできなかったのか。あきらめて、なかったこととして生きることはできなかったのか。いや、できない。もし、そうできるのであれば、貞良を殺すことはなかった。あのとき、すべてが決まってしまったのだ。

（俺のため……皆のため……〝嘘〟のため……）

ふと、光秀は天主を振り返った。

夕陽に輝く天主は、まるで大きく燃える炎に包まれているようであった。

（美しい……）

ふたたび天主に背を向けて、光秀はだれにも聞こえぬような小さな声で言った。

「信長、殺すべし」

天正十年六月二日（一五八二年六月二十一日）未明。

惟任日向守こと、明智光秀の軍勢一万三千は、京に侵入し、本能寺に雪崩れ込んだ。

終　『小栗栖《おぐるす》』

1

本能寺で信長を滅ぼした後の、光秀の栄華は長くは続かなかった。

すべてを先回りして見通すと言われたはずの、光秀の知恵が曇ったとしか思えない出来事が起きていた。

中国地方で足止めを食らうと思われていた羽柴筑前守秀吉が、毛利家とすぐに和睦し、その軍勢を率いて、畿内に迫ったのである。

後の世に「中国大返し」と呼ばれる、秀吉の一世一代の大仕事であった。

これに危機感を覚えた光秀も、慌てて軍勢を集めるが、思うような数にならなかった。

両者は、天正十年六月十三日（一五八二年七月二日）、山城国と摂津国の境にある山崎の地で合戦に及ぶ。

明智勢およそ一万六千、羽柴勢はそれに倍する四万ほど。

数に劣る明智勢も善戦したが、やがて敗色が濃くなり、日没前に崩壊した。

敗れた光秀は、わずかな供を連れ、間道、山道を伝って、坂本城を目指して落ち延びることとなった。

光秀主従は、山城国の小栗栖《おぐるす》という小さな村のそばを通っていた。

歩き詰めで、足は鉛のように重く、疲れの限界はとうに越えていたが、村に頼るわけにはいかない。敗残兵とわかれば、褒美目当てに殺されることもあたりまえの世だった。

ただひたすら闇の中を歩くしかない。

（俺の人生は終わるか……）

疲労からか、光秀の頭の中もどんよりとした靄がかかり、悪い方向にばかり考えが進んだ。

それでも時折、自ら首を振り、そんな考えを否定しようとする。

光秀はまだあきらめたわけではなかった。でなければ、このようにボロボロになりながら、坂本への道を辿《たど》ってはいない。

（坂本まで戻ったところで、勝てるとは思わぬ。だが、皆を逃がすことはできる。そのための時間稼ぎぐらいならやれる）

さすがに自らの命を長らえることができぬことはわかっていた。なんと言っても「主殺し」である。勢いを失った今、信長の後継者たちは正当性を謳うため、光秀の首を欲するであろう。

（坂本には左馬助も駆けつけていよう。左馬助に子らを託し、落とせば、なんとか命を繋いでくれるはず）

光秀は、また自分の頭を覆い尽くそうとする黒い靄と必死に戦っていた。

（そのためにも坂本に戻らねばならぬ。まだ死ぬわけには……）

そう思ったときだった。

光秀の腹部にいきなり鈍い痛みが走った。痛みが走る直前、山道の脇《わき》の籔《やぶ》が動く音がした。なにかがそこから飛び出たのだ。

光秀の痛みはすぐに極みに達し、立っていられなくなった。見ると、槍の穂先が自分の腹を貫いていた。

光秀は、その場にゆっくりと倒れた。

「殿！」

慌てる従者たちだったが、彼らもまた光秀と同じ痛みを感じることになる。籔から無数の槍が突き出てきた。

次の瞬間、喚声が上がり、黒い塊が飛び出してくる。人であった。

（落ち武者狩り……）

光秀は薄れ行く意識の中で思っていた。腹を押さえた手は、ぬるぬると、たゆまず流れる液体に浸されていた。

（血が止まらぬ……）

もう痛みは感じていなかった。頭の中を今までよりももっと黒い靄が覆うのがわかった。

（これが死……）

なにも思い出せない。なんの光景も浮かばない。ただただ闇に呑まれていくだけだった。

最後に光秀は思った。

（〝嘘〟は守られた……）

もはやそれがなにを意味するのかもわからず、光秀は息絶えた。

光秀の死後、坂本城で羽柴方と一戦交えた明智左馬助秀満であったが、衆寡敵せず、光秀の親族を刺し殺した後、自らも自刃した。

坂本城は火に包まれ、焼け落ち、その後、再建されることはなかった。

2

本能寺の変に際し、光秀の与力であった細川兵部大輔藤孝は、嫡男与一郎忠興とともに髻《もとどり》を切って信長の冥福《めいふく》を祈り、明智方に与しなかった。忠興の正室が、後の世でガラシャ夫人として伝わる、光秀の娘、玉であったにもかかわらずだ。

その判断は、山崎の戦いにおける羽柴筑前守秀吉の勝利の報によって、間違いでなかったことが証明された。

妻への強い想いを持つ忠興は、父の判断に不承不承従ったが、今となっては、その正しさに舌を巻くと同時に、不思議でならなかった。なにを根拠に明智に乗らなかったのか、と。

光秀の死が伝わった後に、「なぜ」と忠興は父に問うた。

幽斎《ゆうさい》と号していた父の答えは、忠興にとって意外なものだった。

「日向守の勝ち味が最初から薄かったからよ」

「畿内を押さえ、朝廷を押さえ、安土を押さえ、地の利、権威、金銀に至るまで優勢と思われた明智方が、勝ち味が薄いとは、いったい」

忠興は本能寺の変直後の状況を冷静に分析してみせた。

が、幽斎は首を振る。確かに状況は忠興の言うとおりだと言ったうえで、まずだれが明智と戦うかを考えたのだという。実力主義の織田の武将たちは、主君が討たれた後、手をこまねいているような柔な考えの持ち主ではない。そのうえで、北陸で雪に閉じ込められた、織田家筆頭宿老の柴田修理亮勝家《しゅりのすけかついえ》ではなく、畿内に近い秀吉が光秀の相手になると読んだのだった。

そして、光秀と秀吉が戦ったとき、勝利の要因として重視したのが——

「やつらの出自よ」

「えっ?」

光秀と秀吉の出自。名門土岐氏の出である光秀と、地下人あがりであることを隠そうともしない秀吉。当時の人間の感覚では光秀に分があると考えるのが当然だった。

だが、幽斎は思いもよらぬことを言う。

「あの男は土岐氏の出などではない。詳しくは知るよしもないが、一つだけ言えることがある。やつは武士でもなかった」

「!」

忠興は衝撃を受けて、声が出なかった。

「わしが初めてあの男に会ったのは、足利義輝公変事のときよ。次の将軍に義昭公を立てようとする一味として相まみえた。そのときは、折り目正しき丁寧なる侍と思えたのだが、その見立ては一気に変わることとなった」

忠興にも、そのときが足利義輝が殺された永禄の変のことであることがわかった。

「わしが義昭公を救い出すため、三好の兵を斬ったときだ。あやつはあからさまに嫌悪の色を出したのだ。他の者は気づかなかったかもしれない。しかし、わしは気づいた。武士として生まれた者は決して出さない表情だと。やつが武士の生まれでないことは、真に武士たる人間の中には気づいている者も少なくなかろう。口には出さぬが」

忠興はまたも愕然となった。自分は気づいていなかった、と。

「日向守は、出自を隠し、武士を演じていた。なぜそんなことをしたのかはわからぬが、食うにも難儀する世であればこそ、武士ならば食えると踏んだのか。その後、上様の引き立てにより、あやつは出世した。才は豊かな男であったからな。けれど、出世がゆえなのか、出自を隠すのに必死になってしまった。おそらく、あからさまになることを恐れての日々であったろう」

そして、「だからこそだ」と幽斎は続ける。

「だからこそ、筑前には勝てぬ。筑前は地下人であった己の出自をこれっぽっちも隠しておらぬ。むしろそれは民を従えるうえで、強みにもなっておる。さらに言えば、今の身分を奪われることも恐れてはおらぬ。地べたに戻るだけ、とあやつなら笑いながら言うであろう」

幽斎は忠興をじっと見た。

「ぬしならば、どちらが強いと思う」

「…………」

忠興は己の見識のなさを恥じた。さらには義父である光秀の正体を見抜けなかったことも。けれど、同時に納得できないこともあった。

「父上、ならばどうして武士でもない男の娘を我が家に入れることにしたのですか」

「簡単なことだ」

「えっ？」

「光秀の出世に乗るためよ。織田家において、出自が武士である必要はない。上様は人間の上下などまったく気になさらぬ方であったからな」

「…………」

忠興は、その答えに釈然としなかった。

（武士として生まれたからには武士を全《まっと》うせねばならぬのではないか。筋目を重んじ、上下の差を意識せねば、美しくないではないか）

若き忠興にはそう思えた。

この想いは、後に妻である玉への複雑な感情を生むことになり、〝細川ガラシャの悲劇〟の遠因になってしまったのかもしれない。

3

山城国山崎は、先ほどまでの激戦が嘘のように静まりかえっていた。

夕闇《ゆうやみ》迫る天王山の、山麓《さんろく》にある草むらに、まだ年若い鎧武者が仰向けに倒れ込んでいる。未だ顔に生気はあるが、大きく血で滲《にじ》んだ鎧や、その荒い呼吸から、そう長くないものと思われた。

若武者の傍らには従者であろう侍が、涙を必死にこらえた表情で控えている。

「喜六、日向守様は無事に落ち延びられたであろうか」

「殿の戦ぶりの見事さなれば確実に」

「ならばよかった。殿軍《しんがり》の役目は果たせたな」

若武者の名は伊勢伊勢守貞興という。幼名は熊次郎。まだ二十になったばかりの若さであった。

伊勢貞興は明智軍にその人ありと謳われた猛将で、「本能寺の変」時においては、妙覚寺で信長の嫡男、織田左中将信忠を滅ぼす大戦果をあげた。このたびの山崎の合戦でも、戦場の脇腹に当たる天王山を巡り、優勢の敵に対して一歩も引かない戦ぶりを見せた。

だが、明智軍の敗勢が伝わると、見事に殿軍を引き受け、光秀を戦場から離脱させることに成功していた。ただし、その代償は小さいものではなく、率いていた軍勢は四散し、自らもまた深手を負った。

「殿……」

「泣くな、喜六。我らの命はあの本國寺で日向守様に預けたものであろう。少しばかり猶予をいただいたが、今、それを返しただけのことだ」

貞興はじっと赤黒い空を見つめる。

「喜六よ、わしは思う。日向守様は正しい。どこまでも正しいことをしておる。天下を治めれば、必ずや静謐《せいひつ》の世を作り出してくださると思う」

「はい」

「初めて日向守様にあったときは、喜六、おまえが乱暴者たちに囲まれて、切腹させられそうになっていたときだったな。わしはあのとき、恐怖でなにもすることができなかった」

「殿はまだ小そうございましたから」

「幼さですまされるものではない。武士としてなんの覚悟もなかったのだ。なにもできないわしに対して、日向守様は実に見事なものであった。土岐氏という名族の出だからこそなのか、その立ち振る舞いによって、たちまち乱暴者を諭《さと》し、我らを救ってくださった」

「はい。あの折の日向守様の勇なる心は、この喜六めの生涯の目標でございました」

「わしもそうだ。このような武士にならねばとあの日以来精進してきたつもりだ。だが日向守様にお仕えし、時を共にするうちにわしは気づいたのだ。この御方は武士であることを厭うておるのではないかと」

「武士を厭う……武士であることを嫌っておられると？」

「そうだ。人を殺めることが生業《なりわい》の武士というものを嫌っておると。争いを、戦を嫌っておると。日向守様の戦場《いくさば》での目がそのように語っておったのだ」

「殿はそれをどのように思われましたか？」

「素晴らしいことだと思った。民は争いを厭うておる。戦を憎んでおる。武士しかできぬわしと違って、この御方は民の心と寄り添って生きることができると。だからこそ、日向守様に天下を治めていただきたいのだ」

ここまで滔々《とうとう》と述べてきた貞興であったが、突如痛みに大きく身を歪めた。

「ここまでのようだ」

「殿！」

「喜六、介錯《かいしゃく》を頼む」

「はい……」

「わしは父の顔を知らぬ。父が戦で死んだとき、わしはただの赤子でなにもわからなかった。わしにとっての父は日向守様だったのだ」

「殿……」

「父への孝行はできたであろうか」

貞興は目を閉じた。

やがて、空に負けず、地も赤黒く染まった。

後に、その場にあった二つの遺体は地元の農民たちにより丁重に葬られたという。

4

天王山中腹の宝積寺《ほうしゃくじ》に置かれた本陣で、羽柴筑前守秀吉は傍らにいた軍師の黒田官兵衛孝高《くろだかんべえよしたか》に話しかけた。

「終わったな」

「終わりましたな」

明智軍総崩れの報が届いた直後のことで、秀吉の顔には、喜びというよりも安堵の表情が浮かんでいる。

「各陣に追撃を申しつけよ。勝竜寺城は包囲するに留め、本隊は一気に坂本城まで急がせるのじゃ」

「はっ」

官兵衛が差配のために出ていくのと代わりに、秀吉の弟で、羽柴主力を率いた弟の羽柴小一郎《こいちろう》秀長《ひでなが》が陣幕に姿を見せた。

「兄者、祝着だで」

「小一郎、怪我《けが》しとらんか」

「平気だがね。みんながんばってくれたで」

この兄弟は、二人きりでの会話のときは出身地である尾張の方言がきつくなった。

「しかし、日向守はなんでまた上様を襲ったんかのう。ここまで来るのに必死だったんで、あんま考えとらんかったけど、わからんもんだでや」

身内の気安さか、ようやく秀吉は笑顔になって言った。

「兄者、大昔に日向守に会ったって言っとらんかった？」

「んん」

「ほら、上様に仕えるずっと前に」

秀吉は「おおっ」と思い出したように一気に喋る。

「そうだがや。ありゃ長良川あたりで金目の品さらっとったときのことだわ。美濃の道三と息子の合戦があって、道三が死んだんだわ。そいで暗なってから漁りにいったん。そんときだわ、あいつに会ったんは」

若き日の光秀が長良川河畔で夢を語った小男は、なんと秀吉であったのだ。

「間違いないんか？」

「わしゃ一度見た人間は忘れんて」

「兄者の人を覚える力には、ほんにいつも驚かされるわ」

剽《ひょう》げたように言う秀長に、秀吉も声をたてて笑った。

「そんときゃ、あやつは坊さんだったわ。上下無き世を作るいうて騒いどった」

「なかなかええこと言うなあ」

「そだな。ええことだで、それ聞いて、わしもなんか心に響いて、このままじゃいかん思うて、そいで上様のところにご奉公に上がったんだわ」

けれど、と秀吉は言う。

「ええことかもしれんけど、現世を生きてみりゃ、それが所詮は夢物語なことはわかるわ。そんなんできるんだったら苦労せえへんて」

秀吉は今までの苦労を思い出したのか、深々と溜め息をついた。

そんな兄の姿を見ながら、秀長が不思議そうに言う。

「けど、日向守いうたら、土岐氏っちゅう名門の生まれやろ。なんで、そんなとこにいたん？」

「だもんで、名門の生まれいうのは嘘言うてんのと違うか」

「嘘!?　そりゃどえりゃあ嘘じゃなあ」

「そうだで、わしゃ上様にも言うた。ありゃ嘘やと。上様は笑っておったけどな」

「兄者、言うたんか」

「言うた。日向守が織田家に入ったばっかのときに、言うた」

「んでも、嘘こいてた日向守を上様はずっと使っとったってことじゃろ。上様は嘘が大の嫌いのはずじゃ？」

「それだけ上様は日向守のことを認め、気に入っておったわけじゃな。日向守は気づいておらんかったかもしれんが、上様はよく日向守を微笑んで見ておったわ。ばれとるのに、それでも嘘を守ってる日向守がおもしろく、逆に健気《けなげ》に見えたんと違うかな」

秀吉はぽりぽりと耳の穴を掻《か》いた。

兄弟の会話は終わらない。秀長がさらに不思議そうに言った。

「ふーん、けど、なんで日向守は嘘こいたんかのう?」

「んだもんで、えらく見せようと思ったんと違う? そのほうが見栄えするわな」

秀吉はどこか感心したような表情になっていた。

「兄者どうしたん?」

「いや、考えてみりゃ、日向守はどえりゃあやつじゃなと思ってな」

「どえりゃあやつ?」

「わしだったら、信長様にずっと嘘こき続けるなんて、そんなおそがいことようせんわ」

「そじゃな」

「嘘こき続けても平気でおったんは、あいつの肝がいかに据わっとったかいうことじゃ。そんだけじゃなく、金崎のときも思ったが、あいつにゃ知恵も才も勝てんことだらけやった」

秀吉は驚くほど素直に言った。

「わしがここまで来られたんは、地べたあがりのことを隠さんかったんで、皆が同情してくれたおかげだで。ああこいつは地べたあがりだから戦いも知らんだろう、銭勘定も知らんだろう、町作りも知らんだろうって。皆がいろいろ力になってくれたおかげでやって来られた。けども、日向守は〝嘘〟も守り、わしらが皆でやってきたことを全部一人でやり通していた」

改めて、感心した想いを全面に出し、秀吉は言った。

「どえりゃあ男だで」

秀長もうなずいていた。

「そんなんによう勝てたな、わしら」

「ほんとやな」

「きっとどっかで生きとるで」

「そんときゃ、また退治せなあかんのう」

そう言うと兄弟は笑いあった。

秀吉が光秀の死を知ったのは、翌日のことであった。

5

明智光秀の骸《むくろ》が地面に転がっている。

脇腹を槍に突かれ、それが致命傷だった。

山崎の合戦が終わった直後から、明智の敗北が各地に伝わっていて、それに伴い、落ち武者狩りが活発になっていた。

光秀はこの小栗栖の地で、当地の百姓たちの落ち武者狩りに引っかかったのだった。

従っていた者たちもすべて殺された。

光秀の骸の周りに人が集まっていた。

「こりゃ侍大将じゃねえか？」

「えらい武士に間違いない」

「届け出れば、たんまり褒美がもらえるぞ」

喜ぶ者たちの中で、一人の若者がじっと生命の消えた光秀の顔を見つめていた。

「悪いな、お侍さん」

若者はだれにも聞こえないような小さな声でつぶやいた。

「あんたらみたいな上の人間にゃわかんねえかもしれねえが、俺たちみたいな地べたのもんも生きていかなきゃならねえんだよ」

若者は聡い目をしていた。

「生きるってことには上下なんか関係ねえ。差なんかねえ。そうだろ」

骸となった光秀はなにも応えられなかった。

あとがき

二十歳でこの世界に入り、それ以来ずっとサブカル系の仕事をしてきた私にとって、歴史小説というのは、とてつもなく敷居《しきい》の高い分野でした。歴史をたどるのは、日本史にしても、中国史にしても、西洋史にしても好きでしたが、好きや憧《あこが》れだけで関わってはいけないという、自らへの枷《かせ》がありました。

それでも人は歳《とし》をとります。物の見方や考え方がどんどん変わっていき、自分の過去を振り返ることも多くなっていきました。私も四十を越えたくらいから、ストーリーとか、キャラクターとか、設定とか、そういう直接的な物語の構成要素より、人間の感情や習性という本質的なことが気になるようになりました。特に「うそ」ということについてです。生きていくと、人はどうしてもうそをつきます。「嘘《うそ》も方便」という言葉もありますが、時には人を安心させるため、時には人間関係を円滑にするため、時には自分を鼓舞するため、特に罪の意識もなくうそをついてしまうのです。けれど、決して良いことばかりではありません。うそが原因で人間関係が崩壊することもあれば、詐欺《さぎ》などの犯罪にも成り得ます。この奇妙な「うそ」というものに振り回された人間を描いてみたいと思うようになりました。ただ、現代で一人の人間の生き様を描くだけではどこか物足りなさも感じていました。

そのとき、好きだった歴史が私の頭の中を覆《おお》いました。そうだ、歴史の中にうそを求めたらどうだろうか。どこかにうそに振り回された歴史的人物はいないか。いや、いっそのこと、うそに振り回されたことによって、ある事件が起きてしまったという解釈はできないか。

そうしてたどりついたのが「本能寺の変」を引き起こした明智光秀《あけちみつひで》だったのです。

しかし、このとき、まだこの物語を書くことに踏み切ることができませんでした。自分がやってきたことを卑下するつもりはありませんが、やはり歴史小説という聖域に気後れしてしまったのです。

ようやく書き始めたのは、五十を越え、羞恥心《しゅうちしん》というものがあまり感じられなくなり、人の目が気にならなくなってからでした。若い頃は一冊の本を書き終えるのに一ヵ月もかからなかった私が、この小説を書き終えるまで一年以上かかってしまいました。まだ歴史小説に対する怖《おそ》れがあったのか、ずっと文章を深く考えるようになったのか、ただ単に歳のせいなのか、真相は藪《やぶ》の中、ということにしておきましょうか。

読者におかれましては、憧れから完成まで、ずいぶんと長くかかってしまった、初めての歴史小説、手にとってくださり、心より感謝いたします。

最後になりましたが、担当の都丸尚史さん、デザインの坂野公一さん、講談社の各部署の方々、印刷所、書店の皆様、そして表紙イラストの三浦建太郎先生と、イラスト実現に尽力された白泉社の皆様、本当にありがとうございました。

赤堀さとる

参考文献

『新訂　信長公記』太田牛一・著　桑田忠親・校注　新人物往来社
『明智軍記』著者未詳　二木謙一・校注　新人物往来社
『明智光秀』桑田忠親　新人物往来社
『明智光秀のすべて』二木謙一・編　新人物往来社
『明智光秀』高柳光寿　吉川弘文館
『明智光秀　鬼退治の深層を読む』永井寛　三一書房
『明智光秀の正体』咲村庵　ブイツーソリューション
『織田信長と戦国の村　天下統一のための近江支配』深谷幸治　吉川弘文館
『逃げる公家、媚びる公家　戦国時代の貧しい貴族たち』渡邊大門　柏書房
『図説　日本戦陣作法事典』笹間良彦　柏書房
「歴史読本」一九九二年十二月号　新人物往来社
「歴史と旅」一九九八年十一月号　秋田書店
『日本史広事典』山川出版社
『岩波　日本史辞典』岩波書店

この作品は書き下ろしです。

赤堀さとる（あかほり・さとる）

１９６５年生まれ。愛知県出身。明治大学農学部卒業。脚本家・小山高生門下でアニメの企画に携わった後、自らも多くの作品の企画、シリーズ構成や脚本を手がける。１９８９年に刊行された『天空戦記シュラト』のノベライズが初の小説。１９９０年代に入り、「あかほりさとる」名義で参加した『ＮＧ騎士《ナイト》ラムネ&40』や、原作を手がけた『爆れつハンター』『セイバーマリオネットＪ』『ＭＡＺＥ☆爆熱時空』などがライトノベル・アニメ・漫画・ＣＤドラマ・ラジオ・ゲームといったメディアミックス展開で大ヒット。ライトならではの〝読みやすさ〟を追求するあまり、作品が漫画的擬音で埋め尽くされたことも。２０００年代半ばから活動の主軸を漫画原作に移し、２０１５年には「あかほり悟」名義で初の時代小説『御用絵師一丸《ひとまる》』（白泉社招き猫文庫）を発表。本書『うそつき光秀』は心機一転、「赤堀さとる」名義で書き下ろす入魂の歴史小説となる。

うそつき光《みつ》秀《ひで》

2019年10月29日　第1刷発行

◉著者　赤《あか》堀《ほり》さとる
◉発行者　渡瀬昌彦
◉発行所　株式会社講談社
〒112-8001　東京都文京区音羽2-12-21
電話　出版　03-5395-3506
販売　03-5395-5817
業務　03-5395-3615

◉本文データ制作　講談社デジタル製作
◉印刷所　豊国印刷株式会社
◉製本所　株式会社若林製本工場

ISBN978-4-06-516578-2
N.D.C.913　263p　20cm